U0949502

# 开心果

## 鲁豫有约

说出你的故事

陈鲁豫

凤凰出版传媒集团
江苏文艺出版社
JIANGSU LITERATURE AND ART PUBLISHING HOUSE

# 目录

鲁豫有约·开♥果

# 周立波

## 上海活宝

《笑侃三十年》片段

## 人物小传　　周立波　　1967年生于上海

1981年进入上海滑稽剧团，师从上海曲艺界暨滑稽界元老周柏春。成名于上世纪80年代末，一度被误判入狱，曾下海经商，最终重回舞台。2008年创作并演出《笑侃三十年》《笑侃大上海》等系列清口，在上海乃至全国引起轰动。其表演风格独树一帜，融各派冷面滑稽于一体，又不失人文才情的调侃和嘲讽，经常一票难求，被称作“票房之王”。

**今天这么多人来参观我，我感到非常的荣幸……**
**天才向前一步就是戆大，戆大退后一步，却不一定是天才！**

一个人，一张嘴，一台戏，120分钟。2009年的上半年，一种名为“海派清口”的表演在上海滩赚足了眼球。这种表演仅靠一个人一张嘴，却能在两小时内让观众平均十几秒就爆笑一次，上千人的大剧场座无虚席，门外倒票的“黄牛”生意兴隆。

两只欧式古典风格的沙发一只朝前，一只朝后，分立舞台两侧，却永远没人坐。“海派清口”的舞台清爽到了极点，大上海的派头却依然不肯放下。有人说姚明是上海的高度，刘翔是上海的速度，而周立波则是上海的温度，只见他身穿笔挺西装从纸板做的石库门里走出来，说：“我周立波就是上海的戆大！”

何为“戆大”？取音gāng fū，上海话，原意指傻瓜或智力低下的人，有时也作亲密的人之间的昵称，但在周立波的词典里，“天才向前一步就是戆大，戆大退后一步，却不一定是天才！”

**鲁　豫：**我第一次碰到周立波时，所有人都跟我说，他的演出特别火，值得一看，但票很不好买。当时我很好奇，这个人到底是谁？怎么会有这么大的能量？后来看了他的演出录像，的确充满魅力，两个多小时我几乎一直在笑！欢迎立波！我知道你不喜欢别人连名带姓地称呼你，对吧？

**周立波：**其实是我个人不习惯，单姓的话比较容易被连名带姓地叫，那还好，但我总觉得要是别人连名带姓地说“周立波，上！”感觉就像犯人被提审（笑）。

**鲁　豫：**听说生活中别人除了叫你立波，还叫你波波？

**周立波：**小时候还有人叫我周扒皮，姓周的小时候都是周扒皮。

**鲁　豫：**他的名字和我们小学语文课本里《暴风骤雨》的作者一模一样，当年作家周立波非常火。

**周立波：**对，小时候我还问过我爸，为什么给我起了个和大作家一样的名字？他说希望我长大以后能够成名成家，能像周立波那样成为大家，我说那你直接给我改成周恩来得了，结果被打了一顿，在当时这种话是不能乱说的。

**鲁　豫：**叫这个名字给你带来过什么好处吗？

**周立波：**没有，名字只不过是个符号而已，以前借着大作家周立波的名气在80年代好像还有点儿脸面，别人会说：“哦，和大作家一模一样啊！”现在要是说哪个作家，可能会有人说和“海派清口”那个周立波一模一样哈（笑）。

**鲁　豫：**我觉得你的发型特别有意思。

**周立波：**我这发型十几年了。

**鲁　豫：**咱俩一样，我这也十几年了。

**周立波：**哎呀，那么咱俩加起来三十多年了哈！其实我主要是因为这个发型比较有标记性，而我对自己的形象又没什么自信，只能在头发上下点功夫了。

**鲁　豫：**你这个发型貌似简单，其实特别不简单，关键是非常费发胶和啫喱水，刚才在后台化妆师半瓶都被你用完了。

**周立波：**我拿着啫喱水瓶在化妆师眼前摇的时候，他的目光就跟着我的手上下上下。

**鲁　豫：**我知道立波现在非常忙，一个礼拜通常演几场？

**周立波：**演出季的话，差不多一个月要演12场到15场。

**鲁　豫：**其实你的演出票本身定价不是很贵，一般180、280、380不等，但早就听说在上海非常难买，连场外的“黄牛”都因为卖你的票发财了？

**周立波：**还真是这样，所以他们每次看到我就说“立波顶住！”希望我天天演最好。

## 一个人被别人认可是非常惬意的事情

作为土生土长的上海人，30年间所发生的变化周立波信手拈来，随意调侃，将一切起落都化作笑声，也将上海人淡去的黑白记忆重新着色。《笑侃大上海》推出之时，演出票在开票一小时内就被抢购一空，之后的加场票也在三天内售空。380元的票价没有妨碍“海派清口”成为普通市民的娱乐方式，网上也出现了在炒周立波专场演出票的“黄牛”：2009年5月28日7排两张连座票明码标价1300元。

**鲁　豫：**据说380的票可以炒到800到1500，甚至有到2800的？

**周立波：**那是个案，太极端的例子就不能拿来说了。

**鲁　豫：**但确有其事吧？

**周立波：**有，3000块一张票也有，无论我们在哪里演，总会有比较职业的“黄牛”跟着我们，而且他们也有管理层的。像2009年5月份有个“黄牛”头一个月就赚了十几万，真挺黑的，我眼红死了，比我赚得还多。

**鲁　豫：**这足以说明你的演出票有多难拿。

**周立波：**而且不管谁去，都得自己掏钱买票，因此在朋友当中发生了些蛮好玩的事儿。比如有的人就问我的朋友说：“哎，听说你认识周立波？”“当然，我兄弟！”后来发现不对了，所有人都问他拿票，但我的票历来不送，他又要面子，就自己买，买着买着受不了了，这样买下去是要破产的。后来再有人来问：“哎，周立波你认识吧？”他赶紧摇头：“不认识，不认识。”“傻瓜，连周立波都不认识啊！”最后他跟我说：“认识你真难过，自打你演出以后，我不是坏人就是坏分。”我们上海人把“钱”叫“分”，他的意思是，要不就得出钱，要不就得被人说有问题。

**鲁　豫：**现在你一出现就要不断跟人照相签字吧？

**周立波：**是啊，我觉得这些是没办法拒绝的，观众喜欢你、认可你，你不能说这个也不，那个也不。有一次真的非常痛苦，《笑侃三十年》结束以后有59天的间隙，我要去创作后面的《笑侃大上海》，于是就跟我大哥关栋天说，我们找个僻静的地方吧。最后决定到游船上漂五天再回来，去韩国和日本，我也好把提纲罗列一下。结果一上船就发现不对了，船上有将近2000名游客，而且70%都是上海人，那我就不能出去了，出去就得一直照相，只好把东西都点到房间里来。最后实在憋得难受就出去了，碰到一对特别有意思的夫妻，男的“呱”就扑上来了，他说：“周立波，我等了你两天，听说你在船上，我拿了一个专业相机活活等了你两天，我那相机很重的，少说也有五六斤重，可是我等了两天你也没出来，我刚把相机放回去你就出来了！”紧接着他就跟太太说：“你把他抓住！”然后一溜烟地奔回去拿相机。

**鲁　豫：**他太太就那么一直抓着你啊？

**周立波：**一直抓了十几分钟直到他把相机拿来再跟我拍照，因为船很大，跑趟来回挺费时。还有的人不好意思直接要求拍照，就在我旁边转悠，然后嘴里念叨着我的台词，比如：“外烟要吧？ 外烟要吧？”

**鲁　豫：**你的家里人呢？比如你姐姐或其他亲戚的孩子，他们出去会不会跟人说“我舅舅是周立波”？

**周立波：**我外甥女就碰到一件事，但被吓到了。有天她正在学校上课，上到一半的时候校长忽然进去了，看着她，问她：“你是不是叫丁乐乐？”“是的。”校长把我的照片拿出来问她：“这个人是谁？”我外甥女才二年级，老老实实回答：“我舅舅。”结果她就被带着一个一个办公室串，还被介绍说：“这是周立波的外甥女！”一下把孩子给吓着了。

**鲁　豫：**我觉得作为演员，这个时候心里面感觉挺温暖的吧？

**周立波：**当然，一个人被别人认可是件非常惬意的事情，感觉非常好。

## 有些外地朋友看不懂上海，大家工资差不多，为什么你们衣服行头比我们多呢？上海人真聪明！上海人想出了“假领子”！

物质匮乏的时代，同样荷包羞涩的上海人发明了假领子，看得外地人眼花缭乱；虽然也曾在西装外面罩套袖，三五年舍不得撕去太阳镜上的商标，但到底是上海人最先觉悟西装袖口的商标不剪掉，“腔调再浓”也是“巴子”（土老帽）。

外地人经常喜欢揶揄上海人的“小气”，周立波说：“当年不是曾有半两粮票吗？那是因为剩下的九两半都上缴国库了啊！……侬（你，你们）不是常说阿拉上海男人娘娘腔吗？像纯爷们儿小沈阳那样穿着裙子戴着发卡在台上舞翩跹，阿拉（我）是做不出的！”

舞台上的周立波巧妙地重新解构众生万象，把上海人看似淡忘的“腔调”从心里撩拨出来，让观众在解渴的回忆中收获满足和欢乐。

## 他妈妈放麦乳精像鸡精一样放的！就那么撒了五六粒！这个也都算了，她还插了一根筷子对我说：“调一调，调一调！”

难能可贵的是，在对时代变革的怀念中，周立波总会让人在短暂的欢乐后反思生活中的荒唐与隐忧。

> 不知道是谁想出来的一句话：“啊，不要让你的孩子输在起跑线上啊！”呸！（甩头）小孩一旦不天真是很可怕的！如果这个国家的孩子没有了天真，那么这个国家的未来一定缺乏想象，你们说是吧？谢谢大家能够同意我的意见，我还有一件事情可以证明：我有一次开车，正好是母亲节的时候，有一个12岁的小朋友电话打到电台里去，要为她的妈妈点歌：“阿姨，我想为我的妈妈点一首辛晓琪阿姨的歌，叫《女人何苦为难女人》。”
>
> 有时候看到那些高速公路旁边的标语，想想真是老好笑。有一次先看到一串醒目的感叹号！开过去一看，上面写

了一行大字：随意抢劫警车是违法的行为！吓了我一跳！言下之意就是，除了警车，别的车子都可以抢的咯？我赶紧把所有的四个门都锁好，加大油门，开了几百公里都不敢停哦！

我发觉，电影里厢（里面）所有的战士在中弹之后，临死前，永远要关照战友代缴党费；还没入党的，就掏出自己的入党申请书。总之，不完成如上环节，即便人死了，心还在跳！

——周立波《笑侃三十年》

2009年初，周立波的《笑侃三十年》光盘发行，周立波的名字开始被更多人熟知。两个小时的内容，不仅有市井百姓的生活，更有许多新闻热点。尽管周立波强调“说时事，不说政治”，但其视野之广，口径之宽在曲艺表演中还是非常少见。

**鲁　豫：**这对于立波来说恐怕也算是一次试水，事实证明北方观众也是能够听懂并且认可你的。

**周立波：**我觉得前面部分可能没完全听懂，而是看懂的，毕竟光盘有字幕嘛。

**鲁　豫：**你的现场演出至少有一半还是普通话吧？

**周立波：**其实不到一半，一部分普通话，一部分上海话。2006年我第一次演“海派清口”的时候国语占到了70%，2007年达到了一半，到

2009年更少了，越来越觉得清口还是以上海人为主的。

**鲁　豫：**看你在台上讲的时候特别轻松，其实准备工作很多吧？每天看报必不可少？

**周立波：**我们家订了14份报纸，差不多4毛钱一公斤吧，每个月几乎都可以卖掉18块钱废报纸。

**鲁　豫：**你的那些段子其实更像脱口秀或是单口相声，跟时事紧密相连。眼前发生了什么事情，你立刻会有一个反应，然后作为新的素材加入几天后的演出当中。

**周立波：**没错，我每一次演出之前都会把最近比较大的新闻梳理一下，比方说通用破产，报纸刚报出来，晚上我就说了："通用现在要重新定义了，通用通用，通通没用。"卢武铉跳崖以后，我也是在当天晚上就说："韩国总统卢武铉先生完成了他人生第一次，也是最后一次飞翔。不知道台湾那个人会怎么想？"接着我就模仿陈水扁的语调："阿扁错了吗？阿扁错了吗？放我出去，我也敢跳阿里山！心理素质也太差了嘛！区区六七百万美金就搞不牢了嘛！我几个亿都活得好好的嘛！要坚强地活下去！勇敢地活下去！一直活到我不想活为止！"因为我想像这样一个人一定会这样做的，模仿完我接着说："同志们，现在知道什么叫No Face（直译为没脸，意译为不要脸）了吧！"

**鲁　豫：**看你演出的现场非常简单，舞台上有一个台子，几张纸，上面记着一些笔记。可能有的观众会记得很多年前，我是做早晨新闻节目的，就是那样一个台……

**周立波：**我就是跟你学的呀（笑）！

**鲁　豫：**真的假的呀？因为我要说新闻，所以会拿一张A4的复印纸，在上面记一些自己能够看得懂的字，偶尔可以瞄一眼。我一看到你表演时的记录方式就觉得特别亲切，真是一模一样，况且我每次是说一个小时，而你一场演出最少两小时。

**周立波：**最长的时候演过近三个小时。平时我演出总会放个钟在那里看时间，有一天，好像有领导来，我稍微激动了一点，想显摆显摆，结果演出前没注意，把钟给放倒了，没了时间，一口气说了两小时五十五分钟。

**鲁　豫：**观众赚了呀！

**周立波：**当时我看旁边的大哥也没有制止的意思，以为大概是还没到，就继续演，没想到最后讲了快三个小时。

**鲁　豫：**讲话还是很劳神的。

**周立波：**还好，其实也很享受，真的。别看我每次讲这么长的时间，其实只有六七张大二号的字，整个提纲差不多就千把字上下，比方说“香烟”，就两个字，但可以说很长时间。

**鲁　豫：**都是一些你自己能够明白的关键性提示词。

**周立波：**对，我在台上一边讲一边记录，主要是怕跳行，我每说完一件事后“啪”勾掉了。

## 我妈只要看见我就一脸灿烂，还跟我说：“你就是一点不好，现在大家都知道我很凶！”

周立波的表演大部分使用上海方言，中间夹杂普通话以及南北方言，讲的是上海改革开放30年里的衣食住行、酸甜苦辣和人情世故，勾起几代上海人五味杂陈的集体记忆。

还有很多时候，周立波在场上表演的是生活中自己的故事，尤其是他儿童和少年时期“异常顽劣”的经历。

你们说油条什么地方最好吃？哎，两个尖尖头最好吃！我妈只要叫我去买油条，我总会把两个尖尖头掐掉吃了，我把尖尖头掐了，我妈妈再来掐我！

我妈除了我的头不打，其他都是她的打击目标，打了之后我就像斑马一样到学校去，真的很丢人！两个女同学看到我老起劲儿了，说：“呀！周立波，你妈妈又买新拖鞋啦！？”我问：“你们怎么知道？”她们说：“你今天这个花纹跟昨天那个花纹是不一样的啊！”

——周立波《笑侃三十年》

**鲁　豫：**看过你的演出，觉得你妈妈真无辜，你好像把什么事都往她身上放。

**周立波：**没有，我妈妈当时真的是天天打我，每天必打，过年或是放假的话，一天打两三顿也不一定（笑）。

**鲁　豫：**虽然我很不赞成打小孩，但如果你妈每天都打你，一定是你多少有点儿皮得没边了。

**周立波：**所以我妈妈现在的身体很健康啊！非常健壮！你想，我妈妈从小打，一直打到五年级的上半学期。

**鲁　豫：**难道下半学期你就变好了？

**周立波：**不是，实在是抗击打能力太强了，并不是说我会还手，而是一直打一直打，我变得挺经打的，到最后妈妈打我打得她自己都乌青了，索性不打了。

**鲁　豫：**你那会儿都干什么了？把你妈气成这样。

**周立波：**我那种皮是很另类的。我记得在我们那个年龄都会请木匠到家里面打家具，我家里面就来了一个，因为通常干个活儿至少一个星期或者半个月，所以木匠可能就要在你家里面待比较久。结果那时候我就经常因为木匠被我妈妈打，比方说我替妈妈去买油条，然后我就在路上把油条的两个尖尖头吃了，回去就是一顿打。再有就是木匠还带了个小孩，那个小孩经常要跟我玩，我不跟他玩他就哭，我妈妈就又打我了。有一天，我把木匠锯下来的木屑、锯末之类的都放在碗里面，用热水一冲，挺厚的一碗，像藕粉似的，然后我就骗他儿子说："哥哥给你吃藕粉哦！来，要一下子吃完的哦！给你吹吹啊——来，预备，啊呜——"他就真吃了，"啊呜"一口进去，"哇"就哭了，因为锯末是辣的，很辣很辣，没尝过？

**鲁　豫：** 没有哈。

**周立波：** 那种樟木都很辣，所以他一哭，我妈又是一顿打。打完以后我就恨，恨完以后第二天就把胡椒粉撒在手背上，去跟小孩说："你想不想要很阴凉的感觉呀？"我就给他示范，把胡椒粉放在鼻子跟前："你一定要用力吸，要使劲儿，知道了吗？好，来试一下！预备，来！"好，又哭了。所以我的确是该打，很恶劣。那时候我70%以上被妈妈打，都是因为隔壁的一个好好阿婆打了小报告。所以我就想要怎么才能报复她一下呢？那时候我们一个总门里面住三户人家，那会儿鸡都是很稀奇的，买回来就要养，都不舍得吃。有一天，整个单位里面只有我一个人，我看到好好阿婆那只浦东三黄鸡，那鸡也看我，用那种很高傲的眼神。我气不打一处来，那时候都玩弹弓嘛，我就把弹弓的橡皮筋卸下来喂它。当时我知道鸡不能吃橡皮筋，但我不知道鸡吃了橡皮筋会死，结果我喂了它29条橡皮筋。我每丢一根，鸡都非常好奇地上来，"啪"一下子吞掉了，看它那个鸡脸上洋溢出一种幸福的色彩，我就一根一根喂它。

**鲁　豫：** 难道鸡尝不出来橡皮筋跟虫不一样吗？

**周立波：**它尝不出来的，“啪啪啪啪”，29根就下肚了，打结了。不一会儿我就发现鸡看我的眼神不对了，很迷茫。然后它就慢慢倾斜，我就觉得，哎哟，不对了！它的脚慢慢地撑开，往后仰，整个身子就软掉了，但始终在微微地动，也是微软哈……我一看，吓死了，一只鲜活的鸡当场就变成一具尸体了。好好阿婆回来一看：“哇，这个鸡怎么瘟掉了？！”当时死那么一只鸡是不得了的事情，我也很怕，但又不想承认，我要熬住。起初好好阿婆觉得可能是鸡瘟掉了，快点把它杀了吧，杀完就没事儿了。我就在旁边看着，心里嘀咕，没事吧，没事吧。这时候我妈妈也回来了。眼见着阿婆拔完毛，把内脏取出来，等她把鸡的胃拨开看到29根橡皮筋的时候，第一反应就是转过头来用恶狠狠的眼光看着我。哇！我真是被妈妈暴打了一顿，打得很厉害，打到那个好好阿婆都不好意思了，觉得过量了，后来还把鸡腿煮好给我吃了（笑）。

**鲁　豫：**你的确挺皮的。

**周立波：**皮，非常皮。

> 我妈那时候打我开始是用手打，到后来不对了，就用拖鞋打，一只拖鞋左右左右“啪啪啪啪”地打，但是时间长了以后这种套路我都摸清了，70%都可以被我挡掉，全化解掉。后来我妈妈技术革新了，改用两个拖鞋打我！一个专门负责做假动作，在那晃，小鬼你再皮！一个在侧面打！那就挡不住了！我毕竟不是武当山出来的！挡不住啊！
>
> ——周立波《笑侃三十年》

周立波的童年经历，在舞台上引来无数欢笑，在他那些和家人斗智的创意里让人看到一个演员的潜质，和一个孩子对世界的好奇。

**周立波：**顽皮的孩子都有好奇心，记得我那会儿坐在马桶上，旁边有杂物的，我就看到了我爸爸的套鞋，拿起来一看，哎，这个鞋跟怎么这么厚？

**鲁　豫：**雨鞋是吗？

**周立波：**对，我一看这鞋跟挺厚的，里面究竟是什么呢？然后就用我爸的胡子刀把它割开，一看没什么，又放回原位了，放好以后自己就有点害怕了，迟早要被知道的嘛。还好，两个星期没下雨，等到下雨的时候我自己都忘了这件事了，只看我爸爸回来之后每走一步都是水泡“卟唧卟唧”的声音，两双鞋全进水了，于是我爸上报我妈，我妈继续打我。

**鲁　豫：**你们家挺逗的，一般家里面都是爸爸比较厉害，妈妈护着小孩，你们家怎么反过来了？

**周立波：**不会。有这个习惯，上海男的一般很少打自己的孩子，都是妈妈打，如果上海男人打自己的孩子会被别人认为娘娘腔的。此外，上海男人如果管钱的话也会被认为娘娘腔。所以绝大部分上海男人都会把钱交给老婆，正常的家庭基本都是女人掌管经济的哈。

**鲁　豫：**看你演出时有一段讲你偷你妈妈藏的麦乳精，还在里面塞报纸，笑死我了。

**周立波：**当时麦乳精实在非常稀奇，只有尊贵的客人来了才会拿出来泡。哦哟，我同学五六个人过来，一人一调羹，有的还再加一调羹也有——当然通常是加给女同学了，结果一下就没了半罐。那可怎么办？急死我了，于是我就把剩下的麦乳精全倒出来，把报纸放进去垫着，再把麦乳精倒回去，这样看起来又是一罐了哈。现在饭店那种牛肉下面垫着好多萝卜丝的菜全都是跟我学的，弄得漂漂亮亮，其实都是没用的。

**鲁　豫：**你妈去现场看过你演出吗？看你通篇都在讲她怎么打你，她得多郁闷啊？

**周立波：**她不会郁闷的，我是有名的孝子，最孝顺我妈了，我妈只要看见我就一脸灿烂，还跟我说“你就是一点不好，现在大家都知道我很凶”哈。从某种意义上来说，打孩子不一定合适，但中国老话也有“棍棒底下出孝子”，还真是，我爸爸妈妈都健在，也都很健康。妈妈因为我小时候天天打我，相比之下更健康，而且我跟妈妈的感情胜过跟爸爸的。

**鲁　豫：**小时候你妈教训你，揍你，你有没有特别郁闷的时候？我离家出走，让你们谁也找不着我，吓吓你们？

**周立波：**有过，是闯祸以后。我小学四年级的时候，爸爸给我买了一个海绵铅笔盒，那时候可是非常稀奇的。我旁边的一个女同学特别喜欢玩吸铁石和海绵，所以第一天用我就把这个崭新的海绵铅笔盒一刀拉开，把吸铁石分别送给了旁边的男同学和女同学。做完这些事以后知道自己闯祸了，不能回去了，居然想到了逃。下午没上课，先跑回家里拿了五条年糕，把三条插在腰间，其余两条给了同学，因为我是老大嘛。我说我们沿着北斗星走，去北京见毛主席，结果从市区走到郊区就走不动了。

**鲁　豫：**真沿着北斗星走吗？

**周立波：**根本不懂哪里是北斗星，就是沿着铁路走，还搞得像战争片一样：“同志们，这条铁路就可以通向北京！走啊！去见毛主席！”两个人还浩浩荡荡呢，就这样走啊走，走到那边一看发现不认识路了，又回来了。到家以后又不敢上去，就躲在家门口。哇，没想到整栋房子的人都出来找我，我爸爸妈妈真的被吓到了。隔壁邻居一看我躲在旁边，把我一把抱上去了。我家当时住三楼嘛，我妈妈看到我就抱头痛哭，我爸爸也急死了，问寒问暖，给东西吃，给我洗澡，所有人都来看我，这时候我想差不多该来了吧？

**鲁　豫：**来什么？该打了？

**周立波：**该打了，可是没打。

**鲁　豫：**这时候家长已经急死了，不会打的。

**周立波：**是呀，我竟然睡得好好的，所以我就觉得这样做很有道理。没过两星期，一闯祸，又逃了。这次回来真的刻骨铭心了，我爸第一次打我，他是体育运动员，有技巧打底，他一人身上可以站两三个人的，所以他“啪”地一巴掌下去，就把我搞到位了，到现在为止都没再逃过。

**鲁　豫：**我听说你妈妈特别逗，有一次急中生智，把你围在床板下边揍？

**周立波：**那次主要是我自己技术处理不得当。当时因为皮，家长打孩子都交换心得。有天我们这栋楼的上面响了，哇！原来是开始打了！我妈妈本来在做菜，忘记我之前闯的祸了，一听上面怎么哭了？想起来忘记打你了，就准备补上。当时家里靠墙边有个桌子，我妈妈每次回来以后我都会把桌子放在屋子当中，这样一旦挨打我好有迂回场地，我妈妈追我的时候我就沿着桌子转。有一次我技术失误，妈妈追得我太狠了，我“噌”一下钻到床底下去了，我以为钻进去妈妈就抓不到了，想不到我妈妈把床板翻起来了，然后把一边的出口堵住，我无处可逃，狠狠地被打了一顿！后来我就再也不钻床了！

**鲁　豫：**现在回过头去看，你在皮的过程中还是很有创意的。

**周立波：**是蛮有创意的。我从小就极有表演欲望，可能命中注定应该是个演员，应该站在台上。我记得三年级的时候，有一次可能是好多天没被打了，骨头有点儿轻。正值放暑假，家里面就我一个人，那时候家里都有那种很薄的泡泡纱窗帘，大热天的我就把泡泡纱拉起来，把一整瓶墨水全部涂在脸上、身上，再用刀把家里的西红柿酱打开，涂在各处，好像七窍流血，还把多下来的西红柿酱抹在菜刀上，然后我就睡在家正中，斜躺着，把我妈妈吓得尖叫！

**鲁　豫：**你要干嘛？

**周立波：**就是要做成那种他杀现场，我装死人。也不知道为什么，就觉得好玩，可能是想引起大人的关注吧。

## 差不多每两个星期我就会写一次检查，后来写检查跟开支票一样，都有套路了，反正就是自己骂自己

周立波的创造力给了家长启发，在父亲的鼓励下，不够年龄的他和姐姐一同报考了上海滑稽剧团。

**鲁　豫：**据说当时考上海滑稽剧团很不容易，报名的可能有2800多人，最后只收了16个人，王志文就没考上，但周立波却是16个人中的一个。

**周萌蕾（姐姐）：**当时他岁数小，年龄没到，我们俩一起去报考的，结果我第一轮海选的时候就被淘汰了，他倒是一关一关挺顺利地就过来了。

上海襄阳南路上的“大可堂”是当年上海滑稽剧团的原址，1981年至1990年之间，周立波在这里待了差不多十年，年幼的他把想象力全都用在了顽皮上。家人那时最头痛的回忆就是经常全家去学校挨批。

**周萌蕾：**每次都是爸爸妈妈和我，一家人三天两头地被叫去学校，听着老师在那里批斗，最后我爸爸被批烦了，就跟老师说：“要不算了，你们就把他开除吧，我们也没办法，教育不好。”

**周立波：**当年我们完全是按照戏剧演员训练的，所以我们的基本功很扎实。杂技演员、戏曲类演员非常不容易，因为要开韧带。韧带怎么开？就像渣滓洞一样，每人一个垫子躺着，然后老师把一条腿摁住另一条开始往上拉，一直要去碰头。当时我的同学们都很痛苦，他们比我大六七岁，有的将近20岁了，练功的时候韧带完全拉不开。我们16个人排队准备开韧带，前面的同学一边拉一边开始哭喊：“哎哟——爸爸——啊——”不管男的女的全都哭。老师全部把腿直接往头那边拉，帮你撕裂，疼得受不了。我是最后一个，而且年龄最小，15岁不到，躺在那儿还没开始拉我就哭了，哇哇地喊，“老师啊——”还企图逃跑，被老师给抓回来了，按住腿就开始拉，结果我哭着哭着发现我的腿完全可以碰到头，而且一点事儿都没有啊！

**鲁　豫：**你不疼吗？

**周立波：**可能因为本人当时还没发育，完全是拉开的（笑）。

**鲁　豫：**我就纳闷了，既然不疼你哭个什么劲儿呢？

**周立波：**一上来被吓的啊，看到所有同学都哭了，我也哭，没想到腿拉到头这边没感觉，哎哟，还很舒服呢！所以说童子功是真有说法！

**鲁　豫：**在这样的环境里你应该比小时候收敛多了，没那么皮了吧？

**周立波：**皮是一种天性啊。我们住的是那种老洋房，二十米长的甬道没有灯，平时很怕人的，经常还放点布景什么的。当时我同学打热水必须要通过这条甬道，但是因为很害怕，就会唱歌给自己壮胆，我经常躲在甬道中吓他们。我非常恶劣，不是忽然跳出来那种，而是躲在黑暗里，等他过去了，跟在他后面鬼吼，把男同学都吓哭了，从三楼到一楼追着我打，但他跑不过我。现在想想自己的确很过分，真吓过头了会把人吓傻的。

**鲁　豫：**我还以为你只吓女生不吓男生呢。

**周立波：**女生我也吓。我那会儿有个拍档，比我大四岁，是个女生。有一次我就弄了个小鸡崽，死了以后把它放在墨汁里蘸一下，然后拿线吊着，偷偷地潜伏到女寝室，把鸡挂在她们的衣服当中，我跟男生说："你们听着啊，今天我让她尖叫三次！你们听好了！"男女寝室就是楼上楼下，等到我的拍档去收衣服的时候，就听"啊！"一声尖叫，这是第一声。然后我又把这个鸡从三楼吊到了二楼的窗户中间，叫她的名字，她把窗一打开，又是一声尖叫。第三声是怎么让她叫的我忘了。

**鲁　豫：**你这么皮，老师不管吗?

**周立波：**管呐，据我的印象，当时差不多每两个星期我就会写一次检查，后来写检查跟开支票一样，都有套路了。骂自己不是人，说自己的行为怎么怎么不好，反正就是自己骂自己。我们是三年毕业，再实习一年，等我从学馆毕业的时候，馆长给我的毕业礼物就是我所有的检查，他说："周立波，你今天毕业了，成为上海滑稽剧团的青年演员了！来，这些检查还给你！"我接过来一看，简直像《家春秋》一样，很厚的一摞。

**鲁　豫：**这些东西你真应该留着。

**周立波：**后来不知道到哪里去了，很有意思，但重复的很多，有时候基本抬头换一换就是了。

**滑稽是要有天分的。努力是一种，天分也要有。人家说笨鸟先飞，可先飞不一定先到呀！很可能方向飞反了，越飞越远**

周立波深获南方喜剧名家的青睐与爱护。1986年到1990年的四年间，由于上海滑稽名家姚慕双、周柏春的悉心指导，毕业后走上舞台的周立波风光一时，基本上场场压轴，可顽劣不改的他竟然开起老师们的玩笑。

“周老师因为喜欢我，所以每次谢幕都把我拉在旁边，实际上周老师的门襟拉得蛮好的，我却在旁边小声地说：‘周老师，周老师，门襟，门襟。’周老师一边跳一边转过身，‘滴溜’拉了一下。这下坏了，出事情了，本来拉得蛮好，老先生回过头去把门襟拉下来了。哦哟！我一下闯祸了，马上跑过去，挡在他前面给他拉上去了。后来为了这件事让我写检查，说我不尊重老艺术家。周老师却说：‘别说他了，小鬼这个年龄犯错，上帝也应该原谅的。再说这个小鬼想得出这个，以后肯定比我嚎！’”

老师们非但不介意，还一直关心着他的点滴成长，包括当初招他进来的严顺开。

**鲁　豫：**当年考上海滑稽戏团的时候都考什么了？

**周立波：**那时候我也就15岁，没经过正式的表演训练，基本上只考原始反应，所以严顺开就考我一悲一喜。考到喜的时候挺出彩的，即便现在想来都是如此。他说家里面买了个彩色电视机，你开心吗？我说很开心。他问彩色电视机怎么样？我说非常清楚！他说怎么清楚？我说，哎呀！那真是黑白分明啊！毕竟小时候知道的形容词有限，所以要描述什么叫清楚只会用个“黑白分明”。结果严老师马上反问“慢！彩色电视机怎么黑白分明？”我说：“今天放黑白电影！”他一叫停：“就是你了！回家等通知吧，不要来考了！”我们一共考六轮，这是第三轮，就被录取了。

**鲁　豫：**你反应可真快！

**周立波：**我到现在都纳闷，当时怎么会有那种反应，真的很快，尤其对一个不到15岁的孩子而言。现在可能很多成年人也未必有这个反应，所以有的东西还是天生的。

**鲁　豫：**你当时觉得自己这个回答妙吗？

**周立波：**非常妙啊，到现在都很欣赏。我就觉得，哎呀，看来这滑稽是要有天分的，即便唱滑稽也要有那种感觉。努力是一种，天分也要有。人家说笨鸟先飞，可先飞它不一定先到呀！很可能方向飞反了，越飞越远。

**鲁　豫：**我采访过严顺开老师，他是个脾气特别好的人。

**周立波：**对，非常好。

**鲁　豫：**你平常开他玩笑吗？

**周立波：**不敢开他玩笑，但当时皮嘛，也仗着他很喜欢我，做了些对不起他的事，现在想起来都觉得很对不起老师。有一次严老师正在接受记者采访，很一本正经的样子，我就在旁边练旋转，因为旋转的时候要把两手连带胳膊全部打开，结果我一张开双臂，“叭”就把正在和记者说话的严老师甩到旁边去了。他说你干什么！很少有地厉害了一下。那时候我们在厦门演出，因为这件事很惭愧，觉得很对不起老师，心想一定要为老师做点什么。结果离开的那天早上，八点二十分，人家请我们喝酒，严老师不会喝酒，我上去挡，半小时内喝了半斤白酒、两瓶啤酒，还有红酒之类的。喝完一转身就问："还有人要喝吗？"人家一看我这么狠就没人敢出声了，然后我扭头刚走出去六步"啪"就倒了。后来整整失忆了11小时，醒来已经回上海了，这中间发生了什么我完全不知道，直到今天也记不起来，不过记起来也没什么意义了。

**鲁　豫：**据说当时你在上海的舞台上已经是崭露头角的青年演员了？

**周立波：**我成名算比较早的，1984年毕业，先是唱歌。有个电视连续剧叫《海灯法师》，那个音像带的主题曲是我唱的。很早以前了，用那种很粗的声音唱"当黑夜降临的时候……"你看，那时候我们就已经在玩野兽派了哈。后来我们还在万体大舞台演出，二三十个上海武术队的在旁边打，我在一边唱，挺好玩的。

## 一个人犯错不要紧，受磨难也不要紧，最可怕的是你不会反思

1990年，就在周立波前途一片光明的时候，他因为和当时女朋友的父亲谈判时防卫过当，惹下了牢狱之灾，在一片扼腕叹息中离开了舞台。

**严顺开：**他自己想干什么就干什么，没有控制自己、抑制自己的力量，我说你小子早晚要抓进去。他一出来，就跟我说："严老师，我在里边第一夜就想着你说过的这句话！"唉，看到他我眼泪都出来了。

对于内心深处那段属于自己的情感记忆，周立波已经不愿再提，但是面对那段牢狱岁月，他却有着一般人无法理解的豁达。

**鲁　豫：**家庭内部的事情总是说不清道不明的，所以现在我们不去掰扯那些细节，但是事情出来以后，法律判决给予了周立波一段特殊的岁月。

**周立波：**应该说后来是缓刑，他们错判之后又改判了。本来要判四年有期徒刑，而四年是不能缓刑的，法律只允许三年缓刑，但我上诉以后社会舆论反应很强烈，得到很多声援，最后改判成三年，缓刑四年。我在里面一共待了205天，那段日子对我而言非常受用。

**鲁　豫：**非常受用？

**周立波：**对，非常受用。我觉得作为一个男人，你不可能不犯错，但犯了错以后说你后悔，那你就不是男人了。所有的错在当时是应该的，所有的道歉在今天也是应该的，但一个人不应该去为自己做过的事说“我后悔了”。

**鲁　豫：**可是人在里面不会害怕甚至绝望吗？

**周立波：**这点倒没有，可能因为我觉得自己跟别人不一样，我没有犯罪感。呵。

**鲁　豫：**但是你之前毕竟是个演员，虽然不能说演员生活在天堂，但至少每天收获着鲜花和掌声，忽然又落到那样一个境况里，难道情绪不会有起伏吗？不会觉得自己跌到谷底了很沮丧吗？

**周立波：**我挺会调节自己心态的，我自己没有犯罪感，觉得和别人不一样，但是既然已经进来了，门也“叭”一声锁了，肯定是出不去了，首先得认命吧，然后马上让自己适应这个新的环境。我从进去到开始习惯整个监狱环境没有超过24小时。警察把我送进来，他走后半小时我好像就睡着了，我心态还是很好的。

**鲁　豫：**用你的话说，这205天里，每一天你都能够“适应它”，是“内心平静”的吗？

**周立波：**每天过得不幸福那是肯定的，但同时我看到了很多很多事，包括很多不幸，有的真的是太不幸了，还有的不幸是人为的不幸，这让我解读了很多不同的人生。我当时的监房里有三个人后来都是拉出去枪毙的，就那样看着鲜活的生命走向刑场，感悟到很多。我觉得一个人犯错不要紧，受磨难也不要紧，最可怕的是你不会反思。人只要能够反思，就会有出息，就会从困境中崛起。

**鲁　豫：**人通常在反思之后都会做一些决定，你当时在里面做过什么决定吗？比如一旦我出去了，要如何如何？

**周立波：**当时还觉得自己进来是为了爱情，挺浪漫，挺男人的，毕竟不是掏钱包（偷窃）进去的，而且进去的时候总觉得自己能出来。事情的确是做错了，但是错不至此，不至于进监狱。可既然已经进来了就必须面对这个现实，我知道我即便出来也不能上台了，因为会有刑期。最后改判成有期徒刑三年缓期四年执行的时候，我就决定在缓刑到期的那一天复出。宣布完判决结果，我被当庭释放了，我对一个同学说：“到1994年3月25号刑满，我一定要演一部戏。”后来我就跟他写了一部大戏，叫《我的未来不是梦》，真的在我刑满的那一天上了，而且连满十五场。

**鲁　豫：**打算重回舞台了吗？

**周立波：**人总归要生活的。我1990年进去，1991年出来，1992年就开始经商了，到1996年的时候我基本不上舞台了，就此告别整整十年。

## 涨跌不惊，闲看庭前花开花落；盈亏随意，任由天外云卷云舒，如果做股票能做到这种境界，你基本上已经不是人了

台上的功力皆源于台下的尽力。90年代初，娱乐方式多元化，滑稽戏渐渐变成明日黄花。当年的滑稽名角要么侧身电视台的“往事”栏目，要么与群众演员一起开“笑林大会”，PK“十大笑星”。还在牢里时周立波便已想好，出来之后暂别舞台，去商海里弄潮。随后的十多年里，起起落落，既有神话般的传奇，又有走麦城的反思。“一般男人的经历在我身上都能找到一些碎片。”周立波说。如今，这些都已经成为他的人生财富，有的直接体现在他的作品里，更多的则成为一种素养，成为他看待社会现象时独特的眼光和思路。

> 人人以为自己是股神，炒一个赚一个，连小菜场卖葱的阿姨都说：“我有消息的！”
>
> 现在的股市，老板进去瘪三出来，人才进去棺材出来，博士进去白痴出来，进去的时候想发财出来的时候想发疯，小康家庭进去五保特困出来，拍着胸脯进去抽着耳光出来。
>
> 股市怎么可能有专家呢？股市不可能有专家嘛！股市只有输家和赢家。
>
> 大家都停在杠头上，两位专家的脸每个都是深度套牢的脸。
>
> 要做到涨跌不惊，闲看庭前花开花落；盈亏随意，任由天外云卷云舒，如果你做股票能做到这种境界，你基本上已经不是人了。
>
> ——周立波《笑侃三十年》

在周立波的表演中，股市总是一个重要话题，不少语录亦被观众奉为经典。金融危机的时候，国内一些专家在媒体上宣扬中国的金融体制比美国更健康，周立波跟《理财周刊》总编吃宵夜时问对方，你怎么看美国的次贷危机？对方说，次贷危机是金融体系发展到成熟阶段之后才会有的毛病。后来周立波就多了一个段子："次贷危机是一种金融成人病，中国没有不意味着中国金融体制更健全。哪有五六岁的孩子会得性病呢？"

**鲁　豫：**你的演出里有很多关于股市及金融类的内容，和你曾经从商不无关系吧？

**周立波：**我做生意进入时间比较早，起步也蛮高的。当时专门为人家做投资融资，都是资金生意，类似于现在的投行。

**鲁　豫：**你当时操盘的金额有多少？

**周立波：**那时候蛮多的，我跟一个朋友一块弄的，1993年的时候有六七个亿，但这不是我们的钱，我们是做投资的中间商。比方你这边有钱，他那边需要钱，那么你给我一分息，我给他两分息，中间的息差我们就赚了。这个都是要跑量的，做一笔可能就是三千万到五千万。

**鲁　豫：**最有钱的时候有多少自己算过吗？

**周立波：**没有算过，还真不知道，但那时候爱买车，男人都会比较喜欢车，我记得我跟我兄弟两个人一年半时间就买了九台车，后来我不跟他合作了，他还在做这个生意，现在已经做得很大了。

**鲁　豫：**那你呢？如果没有回到舞台，现在是不是也做到很大了？

**周立波：**可能最适合我的就是舞台了，在生意场上，我对任何一件事的耐性都不会很久。

**鲁　豫：**赚钱也会没有耐心吗？

**周立波：**因为钱留不住我，后来就烦了，而且由于为朋友担保出了事，钱都赔进去了。朋友打来电话说你帮帮忙，我这边现在要用一千万，只用三个月，你帮我担保一下。我说OK！大家是兄弟嘛！三个月，没问题！结果两个月的时候人没了。

**鲁　豫：**人呢？

**周立波：**走了。我相信他也不是成心的，一定是碰到什么不可抗拒的东西，但责任还是要我担的。

**鲁　豫：**这个人后来出现了吗？

**周立波：**我们现在还是好朋友，他生意也做得很大，而且我们之间不需要解释太多，都理解。有时候朋友和朋友之间出现不开心，只要你设身处地为对方想一想，你当时处于他的位置或许会比他做得更恶劣。很多不开心都是由误会开始的，多份理解就结束了，不要过多地指责别人。

**鲁　豫：**你还挺男人的！

## 当时我唱了一首《小丑》，忽然发现一个十年没见的朋友，十年之间竟已满头白发

在商海里沉浮十年之后，周立波最终决定重返舞台是因为好友关栋天的劝导。关栋天是上海滩京剧名家，如今是“海派清口”的艺术总监，也是周立波的暖场嘉宾。在周立波的口中他是个嗓音可以气死帕瓦罗蒂的人。

两人的友谊开始于1986年上海明星

艺术团时代。与周立波的经历类似，关栋天也是年少成名，也曾在90年代初暂别舞台下海经商。在香港打拼的时候，关栋天有次在伊丽莎白体育馆看黄子华表演“栋笃笑”，他隐约觉得，这活周立波也能干。

**关栋天：**他撞了几次南墙，走不下去了，我知道是时候再提出来了。因为在这之前，我暗示也好，“引诱”也罢，他都不接我的话茬儿。可能因为他那个时候还行吧，所以只要日子还能过下去，他肯定不会朝这方面想，因为真正要回来也面临着很多挑战，并非那么容易。

商海里的起落并没有影响到周立波的斗志，对他来说，很多事情都可以迅速过去，如果说有什么难以割舍，上海滩的舞台绝对算得上是其中之一。商海的失意和关栋天的劝说内外夹击，周立波内心波澜再起，他开始着手复出。正如恩师严顺开所言：浪子回头金不换！

经过一段时间的准备，2006年12月1日，周立波在上海兰心大剧院登台，痛说“革命家史”，从自己的童年一路说到重返舞台，连说三晚，场场爆满，但这也是“小滑稽”市场号召力的极限了。周立波及时转型，把主题锁定为“时事点评”，把自己的表演命名为“海派清口”，俨然一个新曲艺门类的创始人。回想第一场演出，太多惊喜，太多意外，令周立波激动不已。

**鲁　豫：**复出的第一场演出你在台上肯定哭了吧？
**周立波：**我不想哭的，我没做好哭的准备，但开场的时候我发现台下80%以上都是四五十岁的中年人，或者更年长的。一眼看过去，满头满场的银发，还有两个是坐轮椅被人推进来的。当时我唱了一首《小丑》，忽然发现一个十年没见的朋友，十年之间他已满头白发。他上

来给我献花的时候，我一下子失控了，很感慨，觉得人生太奇妙了。严老师上台致词的时候也哭了，他看到自己的学生又一次回到了舞台上，而且还能被人接受，大家都哭了。

**鲁　豫：**从那时一直到现在都没有再离开过舞台是吗？

**周立波：**对，我从2006年复出就开始盘点，到2009年初推出《笑侃三十年》，再到《笑侃大上海》，以及11月份的《我为财狂》。2009年可能是最密的，推出了全新的三台。

**鲁　豫：**有人做过一个统计，看你演出两个多小时，平均15秒钟大家会笑一次，据说观众一笑一鼓掌，你就要微微鞠一躬？

**周立波：**那倒不会，我上场的时候会这样鞠躬，如果他们连着笑我连着鞠，节奏跟不上的呀。

从2006年重返舞台到2009年突然蹿红，周立波的“海派清口”越说越火。一场120分钟，需要话题有足够的延展性，当代中国正剧、闹剧、喜剧、悲剧穿插上演，给周立波提供了足够的段子。周立波非常在意观众第一时间的反应，每场演出既是“无底本”演出，也是有准备的创作，完全是一人亲力亲为。演出之前更是早早到场养精蓄锐，虽然笑称自己化妆简单，但是从发型到服饰，周立波对舞台装束的精致要求，充满上海特色。

同时，一支理念先进的运营团队也在忙碌。演出开始前，他们会在剧院门口发放意见调查表，演出开始立刻统计出数据。汗流浃背的周立波中途换场时，经纪人会见缝插针地告诉他上半场的得失。

演出常常超时，每当结束的幕布拉上，周立波都会急急奔回休息室，换下已经汗透的衣服，倒在沙发上。一些朋友看过演出后前来道贺，周立波往往已经疲惫得再难起身。

## 中国有一句老古话，叫盛宴必散。我们今天的散是为了明天更好的聚，Ladies and gentlemen，please stand up，大家早点回家洗洗睡吧！

**鲁　豫：**一项工作结束以后那种如释重负的感觉，既兴奋又疲惫吧？

**周立波：**对，而且不仅仅如此，我有陈旧性的运动伤，骨刺很厉害，所以在演出时站两个多小时始终受着挤压，在台上的时候很兴奋肯定会熬住，甚至还做出很多形体动作，但一下台我就站不起来了，必须先躺下，至少十分钟。所以再大的领导来我也会说："领导，真的很不好意思，我站不起来。" 领导也都能体谅。

**鲁　豫：**据说你昨天晚上还演了一场是吧？

**周立波：**昨晚演了一场，大概一点半睡下去的，今天为了到你这里来我只睡了四个小时，不过在飞机上又睡了一个小时，我是可以分段睡的人。

**鲁　豫：**之前特别郁闷，应该上次就来的，结果那天北京暴雨，据说你在飞机上睡了好几个小时？

**周立波：**本来是十点钟的飞机，我九点半已经在飞机上了，左等右等不见动静，我说小姐，能不能给我一点酒？她问干嘛，我说想把自己灌醉。反正我要等嘛，后来我喝了一整瓶红酒，但一点事儿都没有，还吃了两顿饭，睡了一个小时，总共在上面待了五个小时。

**鲁　豫：**后来就没录成，你只能回去了，时间实在赶不及了。

**周立波：**所以这次我上飞机后，小姐跟我说这次肯定很准时，我见您一次不容易啊。

**鲁　豫：**我见您一次也很不容易。

**周立波：**我们在一起都不容易哈。

**鲁　豫：**往常录节目前我都会逼自己很早睡觉，但昨天晚上我破例了，因为一直在看你的演出录像，看到两点多，我能听得懂上海话，所以看的时候一直在笑。

**周立波：**你在笑的时候我在上海那一头想着马上就要和你见面了呢。

## 我得出一个结论，文化艺术界的人，凡是脸难看的一般实力都很强！

注意形象的周立波在不模仿别人的时候往往温文尔雅，不紧不慢地历数流年岁月，观众鼓掌大笑，他不时微鞠一躬，一副很老派的腔调。可是一模仿起别人来，他又“坏”得让人抓狂。一些近年来走红的曲艺笑星在他的嘴里也有新的解构。

> 张艺谋的脸难看哇，绝对的！你要觉得漂亮属于你有问题类！张艺谋这个脸就像被菜刀劈过一样！而且是没开封的菜刀！但这并不影响他成为大师啊！奥运会恢弘巨作不得了。再比如冯小刚，他这个脸还能叫做脸吗？冯小刚这个脸，如果晚上九点半我在弄堂里碰见他，他只要走过来，不要他动手，我直接把钱包交给他！但是人家拍出来的电影怎么样！
>
> 现在我们大众心态越来越包容了，至少我们现在承认李

宇春是女的了吧！我上次从电脑里打开一看，李宇春一张海报老漂亮！小姑娘老阳光！海报下面是计划生育委员会的一句标语，叫：生男生女一个样！

北京有一个机构，他们想促成我和北京的郭德纲先生在上海同台献艺，我婉拒了，这当中没有贬义，为什么呢？不和谐。一个吃大蒜头的和一个喝咖啡的，怎么可能在一起呢？

文艺界，包括我自己，凡是脸长得难看的，活儿都很干净，出来的东西都不差！

——周立波《笑侃三十年》

**鲁　豫：**我有个疑问，你演出的时候常拿人开玩笑，过两天你要是碰到别人了不尴尬吗？

**周立波：**不会，但凡我拿来开玩笑的人首先是我很喜欢的人，是我关注的人；其次，我觉得我的坑笑都是善意的。比如我说刘欢，那是件真事，那场对话也是确实存在的。有很多人说，刘欢怎么这么大牌，一个奥运会，人家莎拉·布莱曼这样的月光女神都盛装出席，他怎么能穿件老头衫出来呢？我说人家刘欢可以穿有领子的吗？要穿有领子的恐怕要穿到耳朵这边了吧？所以对艺术家要宽容。我身边所有朋友都知道我非常喜欢刘欢，关键在于你要听的是他的歌声，如果要看漂亮的去看周润发就好，可周润发唱得又没有刘欢好。其实我做过很多诸如此类的解释，包括我说冯小刚和张艺谋，不知道你们有没有发现，文艺界，包括我自己，凡是脸长得难看的，活儿都很干净，出来的东西都不差（笑）！

**鲁　豫：**那倒是。

**周立波：**确实是这样，很多歌星长得不怎么样，但你闭起眼睛去听他的歌，绝对享受。

**鲁　豫：**我之前看到你说费翔长得好是因为费翔是混血儿，混血儿想混得好有诀窍。

**周立波：**没错，我发现混得越远，长得越好，如果我是混血儿的话，顶多是越南跟柬埔寨混出来的，所以要混得远一些，但远到太空就要混出ET来了。

有个沈阳的朋友挺有趣的，心直口快，但没有恶意，有一天他跟我说，立波，像你们上海男人吧，我真的有点看不惯，我到你们上海去出差吧，经常看到你们上海男人在马路上只干嘴仗不干真仗。在我们沈阳，我们一句不对，干啥呢干啥呢？就干起来了！这叫男人！我对着他笑了笑，哥们，你知道不，中国哪里出流氓的？他朝我眼睛乱翻，我说哥们告诉你：中国是上海出流氓的！黄金荣，杜月笙，张啸林。你们东北也出，出土匪。他说不过我，听急了，我说你知道吗哥们？流氓从来不打人，打人的就不是流氓。我们上海流氓看谁不爽只说一句话：奈伊组特（把他做掉）！去做的可都是你们东北人呢！

最近法国总统脑子绝对被枪打过了，他总要和我们中国对着干，结果失策了吧，绝对失策。我们温总理用我们儒家的方式对付他，进行了环法游，就是不进去，气死你。这个萨科齐正宗有问题的，他去和他们法国人浑身没关系的达赖碰面，达赖能给你点什么？最多给你这样（拥抱），就这个动作了，因为这个动作，我们中国把一百多亿欧元的单子勾掉了，就不给你，气死你。

我上个礼拜正好在酒吧里玩，碰到一个法国朋友，他是中国通，他说，波波，我真的搞不懂，你们中国政府也太敏感了吧？看我们法国总统想见谁，是我们总统的自由嘛！我说，哦，是吗？那你们总统为什么不去见拉登呢？

——周立波《笑侃三十年》

除了揶揄外地人，周立波还揶揄外国人，但是满场算下来，他揶揄最多的还是上海人。在彰显上海人内心荣耀的同时周立波也在试图对南北文化进行调和，他演出的一些台词已经开始在北方流传。

外地人夸奖我说，立波，你一点不像上海人哦！奇怪，我就是上海人！我干嘛不像上海人？

我很久不认为上海人歧视外地人了。

北方人很看不惯我们上海人的，很奇怪的，我们又没得罪过他们。

我们上海财政收入的87%都交到国库去了。你们说我们小家子气，你们自己去思考一下，往上面查三代，你们上面的三代，有哪一个没吃过我们上海的大白兔奶糖的？有哪个没想过要穿我们上海的的确良衬衫？都得过我们上海的好！而我们上海人作孽啊，你往上面查三代，没一个是上海人呀！

——周立波《笑侃三十年》

**鲁　豫：**今天访谈现场笑声格外多，我要声明一下，如果观点和各位不太一样的话，用周立波自己的话说，“这只代表周立波扮演的周立波的观点，不代表周立波本人的观点”，对吧？

**周立波：**先把法律风险降到最低哈。

**鲁　豫：**我希望有机会的话能去上海看你的现场表演。不准备到北京演一场吗？想过没有？

**周立波：**很想很想，但是后来觉得恐怕不是很合适，我总说“定位就是牺牲”，一个人，可能是天才，也可能是专才，但绝对不可能是全才，得有所取舍。

**鲁　豫：**据说你2010年准备开个人演唱会？

**周立波：**也不算是个唱，应该说是一场“海派清口”演唱会，唱别人的歌，说自己的笑话。我会把这么多年来很多有意思的歌再唱一遍，然后把它解构掉，产生很好玩的效果。比方说张学友的歌，我唱一句“许多人都在说这种爱情没有结果”就停了，插一句“为什么你的幸福在别人的嘴里”？哎，我们中国人有时候可怜，就为了别人一句“他是好人”，辛苦一辈子。接着再唱“我也知道你永远不能够爱我”，再插一句“你有毛病啊？你知道他不爱你你还爱他干什么”？接着唱“你知不知道，你知不知道，我等到花儿也谢了……”花儿谢了还会再开的嘛。我把一段段歌词这样解构以后重新解释，会达到一种很好的喜剧效果。

## 人生不可设计，让你自己以最舒服的状态出现在世人面前是重要的，不为工作而工作

**鲁　豫：**我觉得在你未来的计划里，有一个特别浪漫，你说你演到五十岁，然后想去周游世界？

**周立波：**对，我想在50岁的时候去周游世界，然后60岁的时候再复出一次。

**鲁　豫：**为什么呢？

**周立波：**50岁之前，让大家看一个上海男人的睿智；60岁以后，让大家看一个上海男人的健康。有的人可以活很久很久，最后终老台上。不过最近这个计划有了些新变化，本来我很顽强地跟我的团队说："你们做计划做八年就OK了，我的生命有周期，事业也有周期，50岁的时候我坚决退出，十年以后再复出。"我前十年退出后的积累重回舞台释放，后十年我还想这样，挺浪漫的。可是后来一看，势头不对啊，我无意当中也开始被小孩喜欢了，我到现在都搞不懂小孩为什么会喜欢我？

**鲁　豫：**好玩啊，小孩也喜欢笑嘛！

**周立波：**很多还是小学生，甚至还有幼儿园大班的孩子，网上也有很多人在学我。忽然这么多孩了喜欢我，如果我五十岁的时候退出了，那这些孩子怎么办呢（笑）？所以我可能会改变计划，而且现在连申花队的队歌都变成我的话了。

**鲁　豫：**内伊组特！（音译上海话）"把他做掉！"

**周立波：**其实"把他做掉"在上海是很广义的一句话，比如鲁小姐把某件事做掉，把某个人做掉，把某块布做掉，它的表意很宽泛。没想到踢中超的时候，申花队一千人的蓝魔队就把口号变成："噔！噔！

噔！把他做掉！噔！噔！噔！把他做掉！” 一千个人一起喊，边喊边击鼓，就像当年的“四川雄起”一样。

**鲁　豫：**那就不退出了吧？

**周立波：**或者间歇性退出，像间歇性发作一样，哈。

**鲁　豫：**计划跟不上变化。

**周立波：**有句话叫人生不可设计，我觉得让自己以最舒服的状态出现在世人面前是重要的，所以不想为了工作而工作。

**鲁　豫：**能让人笑，给人带来欢乐，是一件特别了不起的事情。

**周立波：**笑也分很多种，也有笑完以后觉得恶心的哈。

**鲁　豫：**不是所有观众都有机会去现场看你演出的，你的演出好像出了光盘是吗？

**周立波：**我的光盘只有《笑侃三十年》是正版的，其他的都是盗版，我没出的碟他们都给我出了。2008年11月我受一个理财博览会的邀请去做了一场专业财经脱口秀，台下90%以上是外地朋友，基本都是金融界的。做完以后我们自己留了资料带，不发碟，因为我自己都要看一看的，最后这个碟不知道怎么流出去了，变成了现在市面上的“周立波至爱：我为财狂之二”。碟上面印着我的照片，下面的简介我一看差点儿晕过去，写着：周立波，生于1908年到1978年。

**鲁　豫：**把你当成作家周立波了吧？

**周立波：**对，做盗版的人不懂嘛，直接把我当大作家周立波写了，而且还说我是1932年入的党，我要真1932年入党还在这儿玩吗，有什么事儿到中南海来找我（笑）。

**鲁　豫：**我很希望大家都能去看一看《笑侃三十年》，非常好看。

**周立波：**那真是非常幸福。

**鲁　豫：**我下一个梦想就是去现场看看你的演出，也希望有一天你的观众不仅是上海本地的观众，还有全国的观众。

**周立波：**我也这么希望，但也可以是读者吧，或者以其他各种各样的方式。

**鲁　豫：**谢谢立波为我们带来这么多笑声和精彩故事。

一个人想要一辈子开心，你就去做好人；想要半辈子开心，你就去做官，因为，你还要拿出半辈子去忧国忧民！想要一个人开心，你就去做梦！想要一家人开心，你就去做家务；想要一台子人开心，你就做东；想要六百个人同时开心，你来看上海活宝周立波！

# 陈佩斯

## 我是小人物

## 人物小传　陈佩斯　1954年生于北京

中国电影家协会理事，中国广播艺术团国家一级演员，电影演员陈强之子。1973年考取八一电影制片厂演员剧团，1986年任中央广播说唱团演员，1988年获第十一届电影百花奖最佳男配角奖。参与演出的电影有《瞧这一家子》《出门挣钱人》《父与子》《少爷的磨难》《二子开店》《父子老爷车》等，近年来投身话剧制作与演出，《托儿》《亲戚朋友好算账》《阳台》等一系列作品广受好评。

小眼睛、光脑袋，神气活现的“陈小二”曾经在舞台上风光无限。藉着那些无足轻重的小人物，他逐步完成了所饰演人物的风格化和系列化。他一度销声匿迹，沉寂中酝酿着再一次转型，最终在话剧舞台上重新找到了属于“小人物的春天”。

## 喜剧属于重体力劳动，一场戏下来肯定大汗淋漓，一天要喝三瓶250毫升加生理盐水的矿泉水才可以维持体力

2001年底，47岁的陈佩斯以一部话剧《托儿》重回舞台，五年间巡回全国各地演出两百场，四千多万元的票房让话剧舞台上的陈佩斯风生水起。2008年，54岁的陈佩斯又把目光投向了烽烟四起的三国年代，新排历史喜剧《阿斗》要让擅演小人物的他挑战一个“大人物”。

**鲁　豫：**《阿斗》这么庞大的一场话剧，排练起来一定很累吧？我觉

得你瘦了好多。

**陈佩斯：**其实我排戏之前就这么瘦了。

**鲁　豫：**因为演话剧吗？

**陈佩斯：**算是吧，每天身体力行地排练演出是个体力活，严格地说，像《托儿》《阳台》这样的喜剧属于重体力劳动，人自然就会瘦下来。一场戏下来肯定大汗淋漓，往往要出几身汗，一天要喝三瓶250毫升加生理盐水的矿泉水才可以维持体力。

**鲁　豫：**不过这么多年你有一点始终没变，发型依然如旧。

**陈佩斯：**对，因为没发型哈。我小时候老跟人打架，留光头便于受伤后缝针，后来就留到了现在。

**鲁　豫：**冬天冷不冷？

**陈佩斯：**屋内还行，出门有帽子嘛。

**鲁　豫：**你每天出门前都要刮头吗？

**陈佩斯：**每天都要刮，就像你们女人出门前要化妆一样。

**鲁　豫：**自己刮不会刮破头皮吗？怎么能刮得这么亮？需要抹油之类的吗？

**陈佩斯：**拿电动剃须刀刮，这种事儿你试一试就知道了哈。

**鲁　豫：**现在演话剧演得特别过瘾吧？

**陈佩斯：**看你要什么了，做喜欢的事情就觉得过瘾，要是不喜欢，当然就无所谓过瘾了。

## 我得想尽各种办法把场子弄得红红火火，这样观众才会觉得花钱买票看戏值得

《阿斗》是陈佩斯的第四部话剧，之前他已经推出三台大戏，从

《托儿》到《阳台》，基本都是自己投资制作，参与编剧、主演，甚至导演。有人不无夸张地说，是陈佩斯一个人撑起了一台戏。在掌声的背后自然少不了鲜为人知的辛酸，陈佩斯几年前接受许戈辉采访时说，做舞台剧最初都是赔钱的买卖，投资时制作人说会赔30万元。他心里明白，这30人辛苦一个月挣的钱可能不足他走穴20分钟的收入，但他还是拿了自己的钱投进去，“就算做个广告吧”。

**鲁　豫：**排话剧有你在应该不愁钱吧？

**陈佩斯：**谁说不愁，我们是民营公司。

**鲁　豫：**据说你们的票房很好。

**陈佩斯：**因为你发愁所以才会好，要不发愁就永远不会好。最发愁的时候是观众冷场一分钟，该怎么办？我得想尽各种办法把场子弄得红红火火，这样观众才会觉得花钱买票看戏值得，觉得得到了一种享受。

**鲁　豫：**对演员来说，为戏发愁很正常，但排戏过程中你为钱发愁过吗？

**陈佩斯：**其实这就是为钱发愁，如果你能把观众照顾好了，为他着想了，让他快乐了，他自然就会给你钱。我发愁票房，卖不出去就是我的失败，我就没钱花，就养不了家糊不了口，所以我能不发愁吗！

**鲁　豫：**你的戏不用这么愁吧，我总觉得你不会让我们不笑的。

**陈佩斯：**不会让你不笑也是因为我发过愁了呀。

**鲁　豫：**一出话剧的前期准备时间特别长，可能一年、两年或者更长？

**陈佩斯：**创作期很难讲，从酝酿到排练可能需要半年多到一年的时间。

**鲁　豫：**那前期的投入怎么办？

**陈佩斯：**前期当然要自己投入，国家不管，我们不拿纳税人的钱来做事儿，也没那个资格。

**鲁　豫：**拿自己的钱往里放，都放完了怎么办？

**陈佩斯：**放完了再挣呗，实在不行就接个广告什么的。

**鲁　豫：**之前听人说，只要看陈佩斯拍广告了，就是准备要做什么事儿了；过去是拍电影，现在是做话剧。我记得你上次拍了一个什么牛奶的广告，当时是准备要排话剧吗？

**陈佩斯：**黑牛豆奶。那是我排《阳台》的时候，就是这么巧，我这人就是命好，这边钱都扔出去了正发愁怎么回来呢，那边儿就有人死乞白赖地想找我做广告，咱还得摆着架子说没时间啊没时间，其实心里默念阿弥陀佛，可千万别跑了呀！然后拿到广告的钱再赶紧投到话剧这边来。

**鲁　豫：**都是你的血汗钱呐，全投进话剧里也是个无底洞啊？

**陈佩斯：**谁说是无底洞，有底的，每一出剧都是经过精确计算的。

**鲁　豫：**你是那种对表演要求特别严格的人吧？

**陈佩斯：**不完全是，很多时候我也是摸着石头过河，因为自己在操作的同时也在成长，不断地在修改中度过我们的演出实践活动。我通常不把它看作一个单纯的演出，不单纯只做票房，而是将其看作一个喜剧艺术的实践活动，所以我们的每出戏都是一个整体。

## 当你没有权利病的时候你肯定病不倒，该扛的时候就得扛着

在话剧实践中，陈佩斯希望探索出一条中国式的喜剧之路。从《托儿》到《阳台》，他似乎找到了喜剧的“梁”和“柱”，找到了喜剧的基础。凭着多年积累起来的人脉，圈里的朋友也爽快地同意在他的话剧中出演角色。就这样，陈佩斯的话剧火了！

**鲁　豫：**一般戏里的主角都会分A角和B角，甚至更多，这样排开演，有个休息的空当。但你们的话剧主角从头至尾就你一个人？

**陈佩斯：**对，为了降低成本。

**鲁　豫：**是不是再找一个人跟你配也不太容易？

**陈佩斯：**我也花不起那个钱。

**鲁　豫：**完全是因为钱的考虑吗？

**陈佩斯：**是的，完全是因为钱的考虑，经济压力非常大。

**鲁　豫：**你演过这么多场戏，因为劳累病倒过吗？

**陈佩斯：**当你没有权利病的时候你肯定病不倒！

**鲁　豫：**这个我也有同感，当你的身体明白即便病了也歇不了的时候，干脆就不病了，一旦休息，病就来了。

**陈佩斯：**没错，该扛的时候就得扛着。

以光头形象示人的陈佩斯和以文艺片起家的实力派演员朱时茂，两个原本不搭边的人自从1984年合着吃了一回“面条”就再也分不开了。朱时茂扮演一剧之长的“导演”，而陈佩斯则是一个对一切都充满好奇心的“群众演员”，两个人的故事围绕着“吃面”进行。导演本是威风的角儿，可遇到陈佩斯这样不开窍的临时演员真是一点办法也没有。

陈小二：导演。你要找演员？导演、导演，您看我行吗？你看……

导　演：好了好了，就让你试试。

陈小二：哎！

导　演：这个——就是吃面。

陈小二：（略带惊讶）吃面！

导　演：你看，这是一碗面。

陈小二：嘿！我今天正好没吃饭。

导　演：你说什么？

陈小二：啊——我说我今天——一定好好干，呵呵，我一定好好干。

导　演：来来来，先准备准备。好啦，我们各部门都注意了啊。化妆、服装、道具都准备。

陈小二：（看着碗欣喜地自言自语）打卤面！

导　演：哎。摄影机的位置啊，咱们给它稍微近一点儿。哎，好了。

陈小二：（偷吃面条发出声音）

导　演：哎哎哎！什么声音！（停顿一会儿）安静！啊！

陈小二：嘘——安静。

导　演：哎。照明，咱们这个演员的表演区在这儿，光往这儿打。

陈小二：（继续偷吃面条）

导　演：什么声！安静！

陈小二：嘘——（小声说）别笑！

导　演：咱各部门都加紧准备啊。（向陈走去）啊这段演员的戏是（发现他在吃面条）——哎!你怎么给吃上了?

陈小二：不瞒您说，我今儿早饭就没吃，我先垫个底儿。

导　演：这还没开拍呢!

陈小二：（指着那桶面说）没关系，我看那儿还有一桶呢!

——小品《吃面条》片段

“陈小二”最早用于小品《吃面条》，取自于老北京称呼伙计为“小二”的叫法。由于在广大观众中取得了良好反响，第二次表演小品《拍电影》时，陈佩斯继续使用了这一化名，这个名儿一度成了观众对他的昵称。

## 凡是对方好的意见，我立刻就能接纳，修正自己不正确的东西；但假如你的对手没有这个习惯，当然会僵持起来

比起歌坛上的各种组合，陈佩斯和朱时茂这对儿“绝配”在小品舞台上简直就是天才级人物，用陈佩斯的话来说：“第二天一早在公共厕所一蹲，发现所有人都在说我头一天的台词。”在他的启发之下，很多优秀的小品演员涌现出来，使得这个新“项目”在中国渐渐成了气候，开始走出相声的怀抱。

从1984年到1998年，他们在春节晚会上共演出了十部小品，无一例外都成为大家历久弥新的快乐记忆，而两人也从舞台上的黄金搭档成为生活中最好的朋友。

我们一起吃饭的时候要埋单了，我说我来埋，但他呢，也在掏，我们俩都掏，就听佩斯说：“老茂啊，对不起啊，我没带钱。”我说这得求我吧，要不就回去拿。后来一想，埋就埋呗，反正这也不是一

天两天的，凡是吃饭都由我埋单。

——朱时茂做客《鲁豫有约》片段

**鲁　豫：**反正人不在随便怎么说是吧？

**陈佩斯：**没错，反正人不在，就任他编去吧。

**鲁　豫：**那你和朱时茂一起吃饭到底是谁埋单？

**陈佩斯：**你以为真的都是他埋单吗（笑）？

**鲁　豫：**所以我问你啊。

**陈佩斯：**他凡是装大方的时候，一般是已经有人埋单了。像那些应酬场合一般都有人埋单，这时候朱时茂就假装摸他那皮夹子，好像要往出掏那种，他特别喜欢摆那个谱，找那个感觉，那种摸着皮夹子往外拿钱的感觉。这时候接待的人往往就会说，哎呀，朱先生，不用啦不用啦，已经埋过单啦！朱时茂就会说："哎呀，真不好意思，不好意思！"他老是不好意思，哈哈。

**鲁　豫：**我记得他当时说有一次你们俩排小品，你有你的想法，他有他想法，谁也不服谁，然后分别出去吃饭，但很巧又进到同一个饭馆吃，你吃你的，他吃他的，谁也不理谁。结账时你发现自己没带钱，跟他说老茂你帮我埋了，于是他帮你埋了单，是这样么？

**陈佩斯：**这我就记不得了，我记性不好，我们剧组人都知道。不过怎么会有这种事呢？我把裤子当了也不能让他买啊，这人得要面子啊，是不是（笑）？

**鲁　豫：**说明你们俩都特别"轴"（北京话，形容特固执，不退让），在艺术上都坚持自己的想法，碰到一起谁也不让谁，都认为自己的想法是好的。

**陈佩斯：**凡是对方好的意见，我立刻就能接纳，修正自己不正确的东西，我有这个习惯，也可以说是一个工作习惯。

**鲁　豫：**有没有僵到最后需要别人调解？

**陈佩斯：**有啊，假如你的对手没有这个习惯，当然会僵持起来。

**鲁　豫：**你是指他没有这个习惯吗？

**陈佩斯：**他比较爱面子。

**鲁　豫：**一般谁给你们俩调解？

**陈佩斯：**一般是他太太和我太太出面，两家坐在一块儿，这种时候比较多。

**鲁　豫：**感觉你们俩跟小孩儿似的。

**陈佩斯：**没错，排练的时候真的像孩子。

2001年，在陈佩斯主创的贺岁话剧《阳台》里，昔日的黄金搭档再次同台。这次陈佩斯依然不是什么“好人”，成了专门骗人的“托儿”，朱时茂则扮演了一个风流倜傥的“华侨”，因为“托儿”的老婆偷偷跟着华侨跑了，两个人变成了舞台上“仇人相见，分外眼红”的情敌。陈佩斯一直想报一箭之仇。

**鲁　豫：**听说排演《阿斗》的时候你们想再度合作，打算让朱时茂出演一个太监？

**陈佩斯：**这是跟他开的一个玩笑。

**鲁　豫：**如果真是他演会挺好玩儿的，不过他那声音是不是太浑厚了？

**陈佩斯：**声音是可以变的，只要有方法，再浑厚的声音说窄“噌”就能蹿上去。

**鲁　豫：**那你们俩为什么不再合作一次呢？

**陈佩斯：**一直在寻找这个机会，只是没有遇见好的剧本。好本子不是说写就写出来的，没那么容易。

**鲁　豫：**听说你写个小品需要七年的时间？

**陈佩斯：**不是全部，有个别现象，像《王爷与邮差》就差不多，确切说不是写了七年，是琢磨了七年。我过去没有写东西的习惯，大家在一起探讨、切磋、琢磨，第一次写出来演完就被枪毙了。咽不下这口气，接着慢慢再想，琢磨主要是哪儿有问题。不是政治上的问题，是技术上的问题，回头发现了毛病，于是把它捡起来重新做，就这样前前后后经历了七年，修改了无数次。

**鲁　豫：**你可真沉得住气。

**陈佩斯：**七年的时间当然不是只做这一个事情，中间还有别的事情。

**鲁　豫：**你会看自己以前演过的小品吗？

**陈佩斯：**会，有时候看电视突然跳到那儿，就跟着别人看一眼，也傻呵呵地乐，就像不认识这人一样。傻乐完就感慨半天，觉得那时候真年轻啊！

**鲁　豫：**那证明你当年的水平已经挺高了，能把自己逗乐了可不容易。

**陈佩斯：**谁说的。

**鲁　豫：**把你逗乐容易吗？

**陈佩斯：**我也是普通人一个啊，凭什么可乐的事儿我就不乐呢！也乐，天天乐（笑）！

**布达佩斯其实是一个城市两个地名，被一个多瑙河隔开了，东边是佩斯，西边是布达；多瑙河中间刚好有一个岛，叫丽达岛，我妹妹就叫丽达**

1979年的大屏幕上，革命电影是不变的主旋律。这一年，喜剧《瞧这一家子》的上映成了红色年代的一抹亮色。作为“文革”后的第一部喜剧，在当时取得了轰动性的成功，人们因此记住了电影里模样儿出奇相似，喜剧浑然天成的陈强和陈佩斯父子。

1950年，陈佩斯的父亲——电影表演艺术家陈强随中国青年艺术代表团到匈牙利首都布达佩斯访问演出，正逢陈佩斯的哥哥出生，为了纪念这一时刻，陈强将大儿子取名为陈布达，并计划若二儿子出生则取名“佩斯”。

四年后，陈佩斯出生了。在父亲的熏陶下，他从小就表现出独特的艺术才华。十五岁那年，父亲被打成右派，陈佩斯随后远赴内蒙古插队，在那里度过了他人生中最为灰涩的知青岁月。又是一个四年，在父亲的辅导下，陈佩斯终于考进了八一电影制片厂，成了一名每月能领到45斤粮票的演员。

**鲁　豫：**是父亲把你领进艺术大门的？

**陈佩斯：**应该这么说。

**鲁　豫：**知道自己名字的由来后，你有没有去布达佩斯看看？

**陈佩斯：**2007年的时候去了趟布达佩斯，很漂亮。布达佩斯其实是一个城市两个地名，被一个多瑙河隔开了，东边是佩斯，西边是布达，早晨站在布达山上的城堡里看着多瑙河和佩斯城，下午从佩斯城看布达的山和城堡，特别漂亮。那里的人也好，跟我一样好（笑）。

**鲁　豫：**那老三叫什么呢？

**陈佩斯：**我妹妹叫丽达，因为多瑙河中间刚好有一个岛，叫丽达岛。

**鲁　豫：**布达、佩斯、丽达，这三个名字真好听，匈牙利人知道你们一家跟他们有这样一段渊源吗？

**陈佩斯：**说来挺奇怪，绝大部分匈牙利人都知道。

**鲁　豫：**站在布达看着佩斯的时候感觉自个儿很美吧？

**陈佩斯：**我都不好意思了哈。

**鲁　豫：**你们家除了你跟父亲两人从事艺术外，哥哥和妹妹呢？

**陈佩斯：**我妹妹过去是做电影剪接的，现在电影技术全都更新了，她就以家庭工作为主了，在家照顾孩子。

**鲁　豫：**以前别人说这是陈强的儿子，现在别人会说这是陈佩斯的父亲？

**陈佩斯：**对，会有。

**鲁　豫：**一般老人会很高兴这样一种改变吧？

**陈佩斯：**其实现在很多人见了我打招呼都是问老爷子身体好吗？熟人见面都问，即使不认识的人也会这样说，所以并不能说我完全替代了他，反而是我每次要代他去谢谢那些人。

**鲁　豫：**陈强老师现在九十多岁了吧？身体怎么样？

**陈佩斯：**不错，前几年生了两场大病，但现在已经逐渐恢复了，挺好的。他和我们住在一起，虽然自己也能洗澡，但是我们怕他摔着，老人到这时候最好有个人在身边。如果我排戏忙，就由我哥哥来，每次从城里坐几个小时车回趟家给他洗个澡，再坐几个小时回家。我要是不忙就多照顾他一些，每天早晨上班去的时候开门打个招呼，摆摆手就走了，晚上收工回去，假如他的灯还亮着，再进去摆摆手，打个招呼。

**鲁　豫：**他看你排的话剧会给你提意见吗？

**陈佩斯：**不提了，到这个岁数已经不会说这说那了，他七十多那会儿就不说我了。

**鲁　豫：**是觉得你做得不错吗？

**陈佩斯：**也不是，不知道是为什么，因为我还没活到那个年龄呢，所以我不知道，呵呵。

**鲁　豫：**人到那时候已经不看重这些了。

**陈佩斯：**确实。

当年的《主角与配角》《警察与小偷》《姐夫与小舅子》等一系列作品，使陈佩斯一度成为春晚上名副其实的大腕级人物。然而，处在创作兴奋期的他有很多超前的新想法得不到认同，几次想打破常规表演的建议都被否决，颇感受挫的陈佩斯遇到了创作的瓶颈。

1998年春节联欢晚会直播现场表演《王爷与邮差》时话筒忽然失灵，使得演出效果相比舞台表演效果大幅度缩水，这让很注重舞台表现力的陈佩斯相当沮丧。谁也没有想到，1998年的春节晚会是陈佩斯留在小品舞台上的最后一个背影。此后更传出了央视封杀陈朱二人的新闻，一个集中的说法是陈佩斯因得罪央视而无缘春晚，对这个说法，双方均予以否认。

网友小欣：1998年以后，真正懂得表演的演员陈佩斯和朱时茂为什么再也不能上央视春晚？我觉得陈佩斯和朱时茂的小品才是最让人

回味的，没那么多闲七杂八的东西，那才是真正的表演艺术。

网友老李：原来我不喜欢陈佩斯，因为觉得他演的小人物很猥琐。现在长大了才发现自己就是他演过的那些小人物……

网友cindydragon：超级喜欢陈佩斯。

## 这么一个好种子，要是没发芽，那肯定是时间还没到

1991年，陈佩斯和父亲创办了“北京大道影业公司”，专门投资拍摄喜剧电影。在电影中，陈佩斯突破了小品的局限，喜剧天分得到了更加充分地发挥。从1991年到1997年，陈佩斯一共投拍并主演了《父子老爷车》《编外丈夫》《太后吉祥》等6部电影。然而在笑脸背后，作为电影投资人的陈佩斯心中却是别样的滋味。

当时偷瞒漏报票房的情况非常严重，喜剧电影并没有给陈佩斯带来财富和快乐，加上闹得沸沸扬扬的“央视封杀风波”，他只能靠不断在各地“走穴”来维持公司的开支。最困难时，因为资金周转不过来，连孩子两三百块钱的学费都交不起。时过境迁后，陈佩斯说过这样一句话：小人物的春天，不是说来就能来的。

**鲁　豫：**当年你拍的那些戏都挺火的，一点也没赚到钱吗？

**陈佩斯：**说实在的赚了，但刚够下一个戏的前期筹备，而且还要再贷款，每次能持平就已经很不错了。

**鲁　豫：**所以你就不拍了？

**陈佩斯：**不完全是因为这个，但老这样的话，经济负担太重，人的精神是要崩溃的，承受不了。你拍的电影到底卖了多少？谁也不知道。电影拍出去了，放了一百场，但他报给你一场，你不得认吗？好像电影一放出去以后就和你无关了，你根本驾驭不了它，因此你做再好也是赔。当然还有另外一个做法，但我不想，也不喜欢。

**鲁　豫：**什么做法？

**陈佩斯：**你得出卖自己的灵魂，你得去跟社会上黑暗的一面同流合污，有很多潜规则，我不愿意。

**鲁　豫：**谁敢潜规则你呢？

**陈佩斯：**我说的潜规则不是指性，是指很多商业潜规则和政治潜规则。你必须要懂得潜规则才能在泥水里头搅浑水，才能挣到大钱。今天能看到的很多成功的人，很多都是先学会了趟浑水。但物种是不一样的，同样是鱼，有喜欢浑水的鱼，有喜欢清水的鱼，把清水里的鱼放到浑水里，它必死无疑。所以清者自清，浊者自浊。也不是说浊者就不好，适者生存，他们更能适应这个社会和时代，但我不适合。我不是个能够适应环境的生物，所以我只能找适合我的地方生存。

**鲁　豫：**就是话剧？

**陈佩斯：**就像大熊猫，能在人迹罕见的地方生存。

**鲁　豫：**你觉得话剧的小环境比较适合你？

**陈佩斯：**对，但是要退化，得从食肉动物变成食草动物。

**鲁　豫：**会更辛苦一点儿？

**陈佩斯：**不辛苦，做话剧没有做电影辛苦，虽然是一场一场去演，但你的精神是快乐的。做电影的时候精神是痛苦的，你没有人的尊严，你在为这个国家费尽一切心力，但是你连生存权、著作权都没有，精神上是痛苦的，甚至受着几倍的折磨，索性不做了。

**鲁　豫：**那时候大环境不好，现在可能改变了一些，你会不会再回到电影这个大圈子来？

**陈佩斯：**大环境要好了，我早回去了。这么一个好种子，要是没发芽，那肯定是时间还没到。

## 只要你有理想，肯踏踏实实一点一滴地去做，没有不成的事

在舞台上，陈佩斯把小人物的悲喜演绎得活灵活现；在生活中，陈佩斯也始终过着简单低调的平民生活。陈佩斯说，正是这样的平民生活成就了今天的我 。

**鲁　豫：**你最爱吃的是羊肉烩面？

**陈佩斯：**不只羊肉烩面，只要是面条我都喜欢。

**鲁　豫：**常吃方便面吗？

**陈佩斯：**不常吃，一般赶时间的时候就买包方便面吃了。

**鲁　豫：**不讲究穿着？

**陈佩斯：**现在已经算讲究的了，而且不得不讲究，因为太太管得比较严，年纪稍微大了点，她有意识让我穿点儿暖色调的衣服。我原来更邋遢，我这老头鞋的后跟从来没有提上来过，穿袜子也都是这些年的事儿，早些年根本不穿。

**鲁　豫：**冬天不冷吗？也这么一双单鞋？

**陈佩斯：**对，不冷，如果穿棉鞋我就会生病上火。

**鲁　豫：**夏天不穿凉鞋，冬天不穿棉鞋？

**陈佩斯：**夏天把鞋拖拉着不就是凉鞋了吗？布的都透气嘛，而且走起来的时候踢踏着，有风，它就透气了。

**鲁　豫：**这年头去哪儿买这种鞋？

**陈佩斯：**一般劳保商店或是部队大院的门口都有卖，过去七块钱，现在十二块钱。

**鲁　豫：**吃不讲究，穿也不讲究，住呢？

**陈佩斯：**住讲究，确实讲究。我不愿意住在城市里头，污染太厉害，我气管不好，容易过敏，一进城，鼻子、气管、喉咙老是肿的。后来家越搬越远，从城中心走到郊区，从三环到四环，后来到了五环，现在已经出五环了。

**鲁　豫：**你是最早住在郊区的人吧？听说房子都是自己盖的？

**陈佩斯：**对，因为自己没房子，不得不盖了一个房子住。那时候我刚从八一厂出来，单位规定你不要房子就同意你转业，那我就光屁股走人呗！当时我老婆要生孩子，所以就先住到了我父亲家。老房子里也不宽裕，我经常白天一个人开着老破车出去溜达，总不能一个大小伙子老在父母面前晃荡吧，我不习惯。1989年的时候，我在昌平和延庆交界的地方买了一个废弃的生产队大队部，那时候没有房地产这个概念，都是国家分配的福利房，我没那个资格就自己盖，花点钱租了一个破房子，把旧石头扒下来，拿水一冲，翻了新上去，再垒上，请的都是村子里的帮工，就那么盖起新瓦房了。盖起来以后觉得太享受了，自己能盖房子了！我的理想就是有一个自己的房子，而且是通过我的努力劳动、自己设计，我的理想成了现实了！全中国独一份自己盖房子的明星，那种成就感今天的人无法想象。当时我想，就算明天再来一次土改，把我的房子没收了，也活得值了。它改变了我的人生，只要你有理想，肯踏踏实实一点一滴地去做，没有不成的事。

**鲁　豫：**陈家大院还在吗？

**陈佩斯：**在。

**鲁　豫：** 还去住吗？

**陈佩斯：** 现在去不了了，它在110国道上，现在大堵车，是北京的一个老大难问题。我盖那会儿可不堵，半天才过一辆车，现在不行了。

**鲁　豫：** 自从你去了以后车全都去了。

**陈佩斯：** 我这人不知道为什么就是运气好，走到哪儿哪儿旺。走这条路，这条路旺起来了；做广告，做哪个哪个生意火得一塌糊涂。像黑妞豆奶，还有史丹利化肥。

**鲁　豫：** 化肥叫这么洋的名字啊？

**陈佩斯：** 做完广告立刻就翻番了。还有双鸽火腿，做完以后从一个社队企业腾一下就上去了。很奇怪，我也说不上为什么，尽管我现在很少上电视，也不拍电影了，可来找我做广告的厂家依然很多。

**鲁　豫：** 那不奇怪吧？

**陈佩斯：** 一般演员沉寂十年早都出局了。

**鲁　豫：** 但你的小品每天还在电视里播呢，出镜率还是挺高的。

**陈佩斯：** 这是一个挺奇怪的事儿，老也不被淘汰哈，即使我被一个电视台淘汰了，其他电视台也不淘汰。企业也特别认同，所以就这么莫名其妙地走到了今天。但110国道现在确实是火得走不动路，我自己倒回不了家了，呵。

**鲁　豫：**所谓衣食住行，对车你不讲究吧？

**陈佩斯：**车讲究。

**鲁　豫：**你自己开吗？

**陈佩斯：**会开但不开。

**鲁　豫：**开得好吗？

**陈佩斯：**好。我的讲究跟别人不一样，车就是一个代步工具，现在这么堵车，你不可能享受到车给你带来的快乐，所以开着汽车就犯愁，恨不得开个装甲车往前冲。后来慢慢就觉得开车是一种负担，不如买档次低一点儿的车，花钱请人开，这样比较合算。买一个好车得有个七八十万，你雇个人呢，比如买个普桑或2000（桑塔纳），等于白开十年啊。我给很多人算过这笔账，毕竟中国的人力成本还是很低的，而且你还多创造一个就业机会啊，它有很多好处的。

**鲁　豫：**你一直这么有经济头脑还是开始拍电影、排话剧以后才有？

**陈佩斯：**一直这么有经济头脑，我们老家是山西的嘛（笑）。

**鲁　豫：**有一天你还会跟朱时茂合作演小品吗？

**陈佩斯：**得根据条件。

**鲁　豫：**需要什么条件你们才能合作呢？有那么复杂么？

**陈佩斯：**好的剧本，还有其他很多条件，都不是一句两句话的事儿。首先得有时间，排话剧讲时间，还有其他各个方面都得协调。

**鲁　豫：**你的话剧一定要去现场看看。

**陈佩斯：**将来我请你。

**鲁　豫：**这个“将来”到什么时候？你这话听起来挺没谱的。

**陈佩斯：**谁说没谱？

**鲁　豫：** 这话听起来不真诚（笑）。

**陈佩斯：** 我这个人啊，现在做的事情基本都是一年前的今天说好的。

**鲁　豫：** 也就是说明年今天我能看到你的戏，是这个意思吧？

**陈佩斯：** 没错！

**鲁　豫：** 那就一言为定！

曾经的春晚专业户，如今成了文化个体户。

陈佩斯曾对《京华时报》的记者说：“我在这条路上走得很孤独，要克服非常非常多的困难。我必须承认我不是嫡出的，是庶出的，要自己闯天下，自食其力。祖国伟大母亲把我养大，我再躺在她怀里要奶吃那对我来说是一种耻辱，所以我主动到大自然去争食，到现在我还活得不错，这是我的骄傲，也是我交给祖国母亲很好的一份成绩单。我演出的舞台剧全部都赚钱，这一点我非常自豪。《托儿》《亲戚朋友好算账》《阳台》，票房收入超过7000万元，取得了良好的市场效应。”

小人物的春天，不是说来就来的，但有时，说来真的就来了。

# 范伟

## 那个“买拐”的家伙

## 人物小传　范　伟　1962年生于辽宁沈阳

1983年考入沈阳曲艺团，创作并表演的相声多次获奖，其中《要账》获首届中国相声节表演一等奖、创作二等奖。1995年开始与赵本山合作参加央视春晚，小品《牛大叔提干》《三鞭子》《红高粱模特队》《拜年》《卖拐》《卖车》等深受观众喜爱。参演电视剧《夜深人不静》《一乡之长》《晚霞不是梦》《低头不见抬头见》《刘老根》《马大帅》《乡村爱情》等，同时在《手机》《看车人的七月》《芳香之旅》《求求你表扬我》《南京！南京！》等多部电影中有上乘表现，两次获国际电影节最佳男演员奖。

从春晚起步，因影视成名，经典形象背后，谁知他曾经的困扰？

少年从艺，中年走红，他的戏路越走越宽，却因为对长相自卑而害怕社交。

和妻子牵手曾经弄巧成拙。

“做人很拘谨，后果很严重”，斩获国际大奖却引来负面传言。

演员范伟，戏里戏外的真实生活。

**鲁　豫：**前段时间我疯狂喜欢看东北乡村题材的电视剧，从《马大帅》到《刘老根》，再到《乡村爱情》，里面的很多台词我都能倒背如流。后遗症是开始讲东北话，而且结巴，都是跟今天的嘉宾学的，他就是范伟。

从《卖拐》里的伙夫到《刘老根》里的药匣子，从鹰爪挠的范德彪到大舌头的王木生，范伟所演的小人物都不是主角，却无一例外地让人过目难忘。

拐一年卖一年，缘分啊！吃一堑长一智，谢谢啊！横批：自学成才！药匣子对进城打工的马小虎说：

你用的砖不是你的，你盖的楼也不是你的，还是老实儿的在家种地吧，地虽然不是你的，但种出来的东西总有一些是你的。

王木生：这真是象牙山好景点，小温泉村民欢，虽然投了3000万，我和我爸笑开颜……梦里寻她千百度，蓦然回首她在灯火阑珊村里处！

范德彪：你们敬我一尺，我敬你们一丈！尊重别人人格，树立良好形象！……辽北人民，谁不管我叫彪哥！一见面“咔、咔、咔”就敬礼！

——范伟小品、电视剧片段

**鲁　豫：**一进来就听见有人喊你彪哥，你现在上街，一般人都怎么招呼你？

**范　伟：**分阶段，五年前叫药匣子，三年前是彪哥，最近都叫王木生。

## 我这人爱琢磨，其实来源于不自信，心里老打鼓，老怕弄完之后，别人一看，这什么啊！

**鲁　豫：**我前一阵把《乡村爱情》《刘老根》《马大帅》全都找来看了，太有意思了，看完最后一集特别郁闷，因为没得看了。我记得《马大帅》里范德彪特别崇拜弗洛伊德，墙上贴满了弗洛伊德的照片，还有副对联，上联是“古有奥地利国弗洛伊德”，下联是“今有辽北地区范德依彪”。

**范　伟：**还有个横批：志同道合！

**鲁　豫：**太搞笑了，这些你们都怎么琢磨出来的？

**范　伟：**有的是自己琢磨，有的是跟编剧、导演一起商量的。

**鲁　豫：**我记得本山老师说你以前就是大舌头？

**范　伟：**没有，那是他开玩笑。我们家邻居有一个舌头不太好的，但性格特别可爱，总是很认真的样子，加上大舌头，显得特别好玩，给人印象很深。后来设计王木生这个人物时，我寻思这个人物家庭条件这么好，形象也可以，算是钻石王老五吧！为什么始终没找着那个她呢？于是就给他设计了舌头有点问题。再者，第一部里他的戏份不多，又想给大家留点儿印象，所以有了这个大舌头。

村　长：这衣服大脚穿上就跟量身定做似的。

王木生：嗯，像贵妇人，婶儿，我想作首诗。

谢大脚：你还会作诗呢？

王木生：啊，我作首诗啊！

谢大脚：那行，作吧。

王木生：人是衣服马是鞍，一样的衣服看谁穿，我婶穿上有点像蒙娜丽莎……嗯，这钱花得不白瞎。

……

王木生：哎呀，太感慨了，感慨！叔，我想作首诗！

长　贵：好哇，七哥有笔和纸。

王木生：不用，不用。

王老七：我去拿去。

王木生：不用，我口头的，口头的，即兴……发家致富是方针！

长　贵：好、好。

王木生：小蒙是个好青年！

李　福（小声嘀咕）：这句不在辙上。

王木生：谁说女子不如男……嗯……谁说女子不如男.....不如男……不如男……不简单呐不简单！.

谢广坤：我给你添第四句吧，时间长了招人烦！

——电视剧《乡村爱情》片段

**鲁　豫：**拍摄的时候你们会不会经常笑场？有时候看你跟本山老师之间一来一去，已经到了不用说什么都明白对方的境界了，非常默契。

**范　伟：**对，我们俩还真是这样，通常有个大概的意思就开始演了，比如拍《乡村爱情2》的时候，好多词儿都是我们俩现场聊出来的。

王木生：你出去办事谈判，人们是不是看你的智慧？

王大拿（赵本山饰）：智慧是通过什么表达的？

王木生：语言！

王大拿：对呀，你的语言搁哪呢？

王木生：哎，要如果说语言有问题，你语言有没有问题，爸？

王大拿：我啥问题呀？

王木生：你听，你听，有啥问题呀？啥问题呀？你这口音拐的，出去不要命么！

——电视剧《乡村爱情》片段

**鲁　豫：**本山老师的口音是哪儿的？

**范　伟：**他是辽西锦州的口音，包括黑山、兴城一带。音调总是往上拐的，啥玩意儿？那个“玩意儿”就拐上去了。没事我们常在一起聊天闹着玩，我就跟他说，锦州口音最大的特点就是好话不得好说。我家有个亲戚就是辽西人，我到他家去，人家其实挺热情的，问了句“啥时候来的”，声调往上一拐像有点嫌弃我们似的。我说上午刚到，他又问：“啥时候走啊？”“走啊”往上一拐，显得有点不耐烦，其实挺热情，就是语调问题。

**鲁　豫：**《马大帅》里有一个情节，你本来戴了一个假发套，结果往那一坐，人坐下了，假发套刚好被钩子给钩住挂在那儿了，怎么能这么寸呢？是你们设计好的还是现场出状况了？

**范　伟：**原本就戴了个假发套，后来被人坑了之后就在屋里来回踱步，走着走着，本山大哥灵机一动，在监视器那儿喊停，他说咱们这样吧，往下一坐，想办法把假发套弄下来。正好我爱练拳击，头上有一个铁钩，看能不能走着走着把头套挂在铁钩上。可是反复试怎么也挂不上，就是没那么寸。没办法，只好把头套先挂在铁钩上，慢慢走，然后“砰”坐下来，对接上，拍这场戏的时候老有人笑场。

**鲁　豫：**一般人是不是看到你就会笑？

**范　伟：**可能有时候想起那些形象觉得比较彪吧。

**鲁　豫：**“彪”是东北话吧？

**范　伟：**就是有点愣的意思，也不完全是贬义，比较可爱，傻乎乎乐呵呵的。

**鲁　豫：**我看到范德彪最后吃安眠药准备结束自己的时候简直热泪盈眶，因为后来发觉这人其实特别可爱、特别热情。

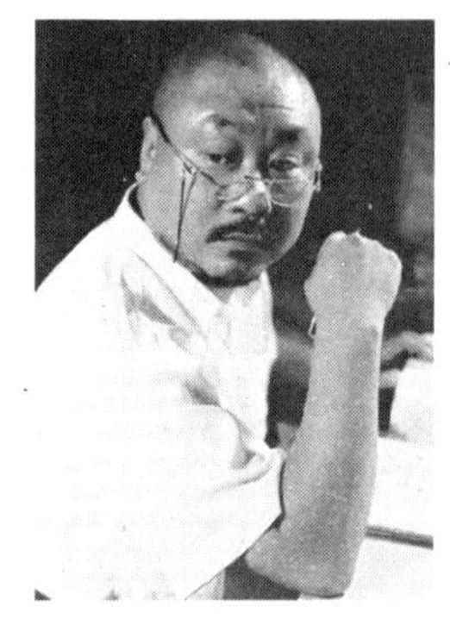

太阳一出照东方，龙泉沟里有个山庄。山庄外面好景色呀，山庄里面好风光。好风光，风光好，里边儿又卖草药捎带还卖小偏方：腰酸腿疼有地黄，胸腹满闷有麝香；人参枸杞能补肾呐，陈了皮了甘了草了调了胃肠。要问此药哪里买，李宝库药匣子为你服务到身旁。李宝库，自学成材配草药，村里村外美名扬那个美名扬！

上联：要想生活过得去，下联：就得身上披点绿！横披：忍者神龟。

高职不如高薪，高薪不如高寿，高寿不如高兴！

一个人把七八十万投到这个没有着落的地方，无非有两种可能，一是这个人疯了；二是有感情基础。

让一个男人一辈子守着一个女人那是不科学的。

这个人站的高度不同，看问题的角度就是不一样！

我的心灵深处又爆发了一场革命！

本人上晓天文，下晓地理，中小儿科，知阴阳，懂八卦，运筹于帷幄之中，决策于千里之外……

一般人我不告诉他！

——“药匣子”说

**鲁　豫：**你前后演的每个人物都不一样，药匣子又是另外一种，在你的生活中有原型吗?

**范　伟:** 药匣子其实是我家的一个亲戚，我觉得特有意思，后来就把他用到这个形象上。那个人属于什么事都能给你说出一番道理来，什么事都弄得特别玄的人，分明是一知半解但好像什么都弄得特别明白似的。过去东北农村有叫“大明白”、“屯不错”的，药匣子就属于这样的人。

**鲁　豫:** 我觉得你是那种让人过目不忘的演员，不管是什么角色，哪怕只有几个镜头、几句台词，看过之后，一准儿记得。

在冯小刚导演的《天下无贼》中，范伟客串了一个只有几句台词的劫匪，这个口吃的小角色经过范伟的处理，成为街头巷尾观众模仿的对象，流行一时。

劫匪甲（范伟饰）：打、打、打……

劫匪乙：劫!

劫匪甲：对，打，打……打劫! ……你等，等等，我要劫，劫个色……IC、IP、IQ卡，通通告诉我密码。

乘　客：报告打劫的，没有IQ卡!

虽然观众对这一角色印象深刻，但是范伟更满意的是自己在电影《手机》中的表现。在范伟心中，影片里那个河南农民的形象是自己的得意之作。

**鲁　豫：**你的语言天赋很厉害吧？

**范　伟：**不厉害。其实拍这个戏的时候我挺打鼓的，过去演小品在舞台上可以夸张一点，但演电影得较真了，真正的河南人一听不是那么回事儿不糟了吗。比如我听好多人学东北话，总听他们说的不那么地道。当初冯导跟我说，你会说河南话吗？我说应该算会，但是不地道，他说没事儿，剧组里有河南人，我把台词给你录下来。后来我就整天拿着听，听完还是觉得欠点儿。我跟老婆孩子试着说说，他们也觉得好像不是特别地道，于是我就为了这几句词儿跑河南郑州去了一趟。

**鲁　豫：**去了跟谁学呢？

**范　伟：**我先把录音带里的词儿背下来，到那儿后找了当地人，给他念叨。每次念完问他对不对，一般他会说可以，但是有几个字好像不太对，然后告诉我地道的音什么样儿。我跟着他学一遍，再说，再学，直到他说这回差不多了，我心里才算有底了。

**鲁　豫：**你那打扮也是跟当地农民学的吗？当地人就穿这样一个褂子？

**范　伟：**过去我演的都是东北农民，而东北农民和河南农民绝对是不一样的，我就想怎么才能抓住河南农民的形象呢？一下飞机，从新郑机场到市里的时候路过一个村庄，正好一个人横过马路，我一看，哎，找着了！这人穿一个跨栏小背心，外边穿个汗衫，叼一根烟卷，挺个小肚，八字步。我一下就找着感觉了，后来电影里的造型就是根据那个人来的。

除了《手机》里的河南农民，《马大帅》系列中的彪哥留给观众的印象尤其深刻，有人甚至专门为彪哥设立了网站，这在范伟以往塑造过的角色中绝无仅有。

我这人很好相处，要是处得不好，你自己找原因！

我决定弃勺从教了！

破水池我不稀得游，我有外号：水库浪子！

你咋这么没素质呢？美利坚你都不知道哪啊！不巴黎首都嘛！

看见没，就这茄子一看就有内伤！我要换个身体强壮的啊！

以前我视金钱如粪土，现在金钱视我如粪土！

床前明月光，更上一层楼！

开原第一保镖，范德彪！

——“范德彪”说

《马大帅》系列播出后，人们谈论最多的是彪哥的招牌动作鹰爪挠和风格独特的彪哥语录，观众的这些反应是范伟在最初创作人物时完全没有料到的。

**鲁　豫：**你属于特别爱琢磨的演员吧？

**范　伟：**对，其实爱琢磨来源于不自信，心里老打鼓，老怕弄完之后，别人一看，这什么啊？这不对啊！

**鲁　豫：**你看自己的戏时会像我们一样乐吗？

**范　伟：**有时候乐，比如范德彪那几首诗，我自己也觉得乐。

**鲁　豫：**我记得范德彪批评刘舒的时候，说你都不上学了，你将来就没文化，你没文化，你怎么当画家，当画家画完一幅画不都得再题首诗嘛。

**范　伟：**还来了一句“明月几时有，春风吹又生”。

**鲁　豫：**看得我哈哈大笑。你会不会在心里面觉得自己演得还不错？

**范　伟：**对，有的时候挺有成就感的，但这种感觉在拍的时候完全没有，根本没自信。好多大家记下来的词，包括什么缘分啊，谢谢啊，还有范德彪的好多经典台词，我自己演的时候没有什么感觉，大家听了之后觉得好玩，记住了，然后反馈给我，我才知道它成了流行语。当时只是觉得范德彪这个人物应该有一个标志性的符号，像“鹰爪挠”就是一个标志性动作。有一场我们拍的是“我”要成立公司，所以煞有介事地说这叫彪记有限公司，大家说应该有一个宣誓性质的会议，我就琢磨应该弄点儿什么样的词呢？正好那天别人给我讲了一件有关下岗工人再就业的事，也就是刘欢的那首“论成败，人生豪迈”。我觉得完全搬用就太正了，就用原词为基础，再加点东北方言，这样就变得比较好玩了。原词是“论成败，人生豪迈，只不过重头再来”，我用了前半部分，最后一句改成东北味儿的“大不了重头再来”！

**鲁　豫：**我一直以为那就是原词呢，这样听来“只不过”的确有点文了。

**范　伟：**改完比他潇洒：大——不——了——重头再来（笑）。

## 我这头一剃就比较可笑，跟大家的距离一下就近了！

虽然近几年在影视剧中饰演各种角色，但是在很多人心中，范伟仍然是一位小品演员。赵本山、范伟搭档表演的小品，个个堪称经典，二人在春节晚会的舞台上有过长达十年的合作。

2001年，在央视春晚小品《卖拐》中，范伟一改往日戴眼镜、梳分头的洋气造型，以“大脑袋，粗脖子”的新形象亮相。这一造型，成为他日后的主打造型。

赵本山曾评价范伟："过去他站在我身边的时候总是戴个眼镜，很少有色彩。人物的色彩其实非常难找，但一个演员没有个性没有色彩就很难出来。后来他把头一剃，正好配他这个头形，一下就憨下来了，这一憨下来就进入一个状态了。"

范　伟：那你说我是饭店干啥的？

赵本山：颠勺的厨师！

范　伟：咦？

赵本山：是不？

高秀敏：哎呀，你咋知道他是厨师呢？

赵本山：脑袋大，脖子粗，不是大款就伙夫！——你说是不？是厨师不？

……

赵本山：是你的腿有病，一条腿短！

范　伟：没那个事儿！我要一条腿长一条腿短的话，那卖裤子人就告诉我了！

赵本山：卖裤子的告诉你你还买他的裤子吗？谁像我心眼这么好哇！这样吧，我给你调调，信不信，你的腿随着我的手往高抬，能抬多高抬多高，往下使劲落，好不好？信不信？你腿指定有病，右腿短！来，起来！停！麻没？

范　伟：麻了。

高秀敏：哎，他咋麻了呢？

赵本山：你踩，你也麻！

赵本山：麻没麻？麻没？

范　伟：麻了——

赵本山：走起来，走起来！别控制，你的腿百分之百有病，别控制，放松！走！走走走！走，快走！走，别想别的，你跟我走好不？走起来，一点一点就好了，走——

范　伟：哎呀，哎呀，哎呀——哎呀我的妈呀！

高秀敏：好腿都给忽悠瘸了。

赵本山：你看着没？我媳妇儿都看出来了，她说你忽忽悠悠就瘸了。

范 伟：大姐呀，那这早咋没发现呢？

高秀敏：早你没碰见他，你早碰见他早就瘸了。

——小品《卖拐》片段

**鲁　豫：**你这个头剃得太对了，以前一直是分头吗？

**范　伟：**对，《牛大叔提干》和后来《三鞭子》里都是那个造型，而且生活中也是那样。后来和本山大哥拍电视剧《夜深人不静》的时候，我演个老头，怎么造型都不像。那时候我37岁，这大胖脸是一点褶儿都没有，怎么画都画不出来老头样儿。最后没办法，干脆把头剃了，这一剃头整个体态，包括头形，一下就成老头了。大伙儿一看，哎哟，这个好，这个特别，都觉得这个造型特别可爱，我想将来如果有小品合适的话，可以用一下这个造型。

**鲁　豫：**像个转折点，打这之后，好像怎么看你都觉得可乐了，一下子找到自己的定位跟感觉了？

**范　伟：**过去梳分头的时候拍戏，谢园曾经说我不像演员，像个小学老师，这显然是个距离。作为演员本来就跟观众有距离，特别是喜剧演员，像个老师肯定不太好，但头一剃比较可笑，跟大家的距离就近了。

**鲁　豫：**拍戏比较难还是演小品比较难？

**范　伟：**拍戏时间比较长。小品经过排练往台上一整，观众直接跟你互动，那种感觉比较过瘾。

**鲁　豫：**他们一乐，你的感觉就来了？

**范　伟：**对，尤其当我演那个人物的时候，大家一乐，就觉得特别好。

**鲁　豫：**如果你头发长了，还会回到以前那个状态吗？

**范　伟：**我这样都已经有十年了。

改头换面走起“憨厚可爱”路线的范伟，迅速得到了更多观众的认可，无论戏里戏外都是“短寸加圆脸”，这为他赢得了木讷随和、憨厚老实的印象。

## 我爸推着自行车过来了，一见着我，他说是小伟吗？我应了一声，老头“哇”地就哭了，把我搂过来，什么也没说就回去了，从那以后知道爸爸是亲爸爸了！

范伟出生在沈阳一个普通的五口之家，小时候的他，是学校里的文艺积极分子，也是个蔫淘的孩子。

**范　伟：**小时候我性格挺拘谨的，其实现在也拘谨。

**鲁　豫：**淘气吗？

**范　伟：**小时候淘也是蔫淘，不是那种大张旗鼓的淘。老师上我们家家访，其实就是告状，老师一走就被大人打一顿。比如今天老师又来家访了，我就偷偷把他自行车气门芯给拔了。小时候尽干这种事。

**鲁　豫：** 你爸妈打你吗？

**范　伟：** 打，但不像有些人家里打得那么狠，我爸通常就照着我屁股“咣”一脚。

**鲁　豫：** 哭吗？

**范　伟：** 不哭，我不怕他们打我，就怕他们说我，特别受不了他们在语言上对我的那种摧残，真的。

**鲁　豫：** 据说你有过一次离家出走的经历？多大的时候？

**范　伟：** 11岁，那次是因为跟哥哥、姐姐吵架。我是家里最小的，上面一个哥哥一个姐姐，哥哥比较老实，我就跟哥哥吵架，他比我高不少，但不敢打我，最多拎着我的胳膊晃我、抖我，给我抖急了我就拿着铁锹“咣”地照脚来一下，差点砍着脚。我姐姐看到不高兴了，“噔噔”打我几拳，我就赌气说我走！我不在家待了！那时候所谓离家出走不是到外地去，而是到同学家。

**鲁　豫：** 那叫什么离家出走？

**范　伟：** 就是啊，那时候不懂啊（笑）。同学不敢留我，说回头你爸爸妈妈来找我，我就该挨打了。没办法，只好在我们家后院皮鞋厂的仓库找了一个地方，那里面有个卷皮料子的大轴，特别粗，钻到轴子芯里头待着。那是十月底，深秋了，挺冷的，我就往里头钻，搁外边弄一草绳子什么的扎上，就不往里灌风了。我在那儿躺着，也没有表，不知道时间，躺一会儿冻醒了，就偷偷摸摸到我们家后院，从后窗户往里一看，家里没人，就我妈坐那儿哭呢，全出去找我去了，我就觉得特别得意，阴谋得逞了。然后又回去待了一会儿，又冻醒了，这时候我就往回走。我们家在铁路附近，我就顺着铁路线走，走着走着看远处来了个人，是我爸推着自行车过来了。一见着我，他说是小伟吗？我应了一声，结果老头“哇”地就哭了，把我搂过去，什么也没说就回去了，从那以后知道爸爸是亲爸爸了，真的（笑）。

## 我好像不是说相声的料儿，不会成为一个特别好的相声演员……我觉得自己本身说话的魅力远不如演一个人物的魅力大，我太老实了

儿时的范伟对文艺表现出了极大的兴趣。为了能够走上舞台，他曾经尝试过唱歌、跳舞，还说过相声，当过节目主持人，如此多种类的文艺尝试成就了范伟最初的舞台梦想。

**范　伟：**小的时候就喜欢文艺，那时候唱样板戏，《红灯记》《沙家浜》《智取威虎山》什么的都唱过。

**鲁　豫：**你在班里是文娱委员吗？

**范　伟：**不是，是学校文艺队的。当时有唱歌的，有跳舞的，基本都是一专多能嘛，但我光能唱，后来让我学舞蹈，压腿，人家压几天压开了，我是压肿了，根本就不是这块料。身体的柔韧性特别差，压腿压得自行车也骑不上去了，上公共汽车腿都抬不起来。既然跳不了舞蹈，演不了什么正面角色，演点阶级敌人吧。一般英雄人物都有什么燕式跳，劈叉之类的，阶级敌人动作都比较小，腿也不用怎么抬，再长得像阶级敌人就差不多了（笑）。

**鲁　豫：**你长得不像，你属于国字脸，英雄人物都是你这样的。

**范　伟：**那时候标准不一样，流行浓眉大眼。其实那会儿也没想自己以后要干什么，就是喜欢文艺，很单纯。当时家里有个老舅是沈阳市

二轻局文艺队的，认识不少音乐学院和曲艺团的人，所以就在音乐学院找了个老师，让我给人家唱唱歌。我唱完v后，老师说："孩子，你还会别的吗？"我说我会讲故事，就讲了一段《智取炮楼》，是由《平原作战》改的评书，是袁阔成老先生讲的。讲完之后他说："小伙子，你啊，要是搞声乐、学唱歌，恐怕永远是业余的，但你表演还是那么块儿料。"其实70年代我们根本不知道表演是什么，话剧是什么，影视剧是什么。

**鲁　豫：**你不知道那时候已经可以考电影学院或中央戏剧学院之类？

**范　伟：**不知道，沈阳相对来说闭塞一些，所以就去说相声了。那时候相声特别火爆，沈阳曲艺团在全国也算好的，我就找了沈阳曲艺团的陈连仲老师，拜他为师学相声。

**鲁　豫：**听说还拿过全国的奖？

**范　伟：**那是1993年的事了，拿了首届中国相声节表演一等奖。

**鲁　豫：**那不是很好吗？为什么不继续说了呢？

**范　伟：**我总觉得自己好像不是说相声的料儿。相声演员有一种特有的气质，因为毕竟还是我在说，我就是我。我觉得我自身说话的魅力远不如演一个人物的魅力大，我太老实了，本身不具备相声演员那种……

**鲁　豫：**像范德彪那个劲儿？

**范　伟：**对，没错，就是那种劲儿。我要是进入某个人物了就可以做到，要是范伟在那说，我总觉得欠点儿。

**鲁　豫：**但是范伟可以演各种人物，可以演药匣子，可以演范德彪，可以演王木生。听说你在成名以前其实做过很多事，不止是相声演员，还主持过节目呢。但我们找遍了也查不到你以前的资料，你自己没留一份吗？

**范　伟：**没留。当时主持辽宁电视台一个叫《愉快周末》的节目，形式有点像《综艺大观》，是省台的那种综艺晚会，有舞蹈、歌曲、相声、小品，一个固定的女主持人，我是每期的嘉宾主持。不是现在这种现场聊天说话的，拿到稿子直接念就行了。

**鲁　豫：**你穿着西装，打着领带？

**范　伟：**没错，还有小分头呢（笑）。

## 上完春节晚会，我有点小得意，觉得都上春节晚会了，观众肯定会认识我，结果没人认识……

> 牛大叔（赵本山饰）：马经理咋不亲自吃饭呢？
>
> 吴秘书（范伟饰）：马经理不是住院了吗？
>
> ……
>
> 吴秘书：他是上顿陪，下顿陪，终于陪出了胃下垂。
>
> ……
>
> 服务员：这蛋用线串起来吃着方便。
>
> 吴秘书：对。
>
> 牛大叔：谁研究的这是？
>
> 服务业：吴秘书。
>
> 牛大叔：这家伙真是人才啊！
>
> ——小品《牛大叔提干》片断

范伟第一次在全国观众面前亮相是1995年登上春节晚会的舞台，虽然露了脸儿，却并没有一夜成名，因为如日中天的赵本山太耀眼了。

**鲁　豫：**那时候在东北应该很多人都知道你了吧？

**范　伟：**在辽宁是，但吉林、黑龙江还不知道。

**鲁　豫：**什么时候开始感觉有点红了？上过春晚以后吗？

**范　伟：**没有，最初上春晚是1995年《牛大叔提干》，那时候什么反应都没有。本来想有的，觉得上了春节晚会嘛，差不多大家就都知道了，但是绝对没有。那时候我从晚会下来连夜坐火车回沈阳，出了站打车回家，我觉得可能出租车司机会认识我了吧，可人家干脆就不认识。

**鲁　豫：**你没启发启发他？说师傅，昨天晚上看春晚了吗？

**范　伟：**没好意思，我想考验考验他，看他能不能认得出来。我家到了，看他也没什么反应，下车之后，我又特意要张票，让他多看我一会儿，还是没啥反应（笑）。

**鲁　豫：**那时候内心什么感觉？稍微有些失望？

**范　伟：**这种失望是渐渐的，当时觉得人家可能是一宿没睡好，或者大过年的还要拉活儿不耐烦，但我白天出去还是没人认识。差不多半年过去了，好像都没什么动静，我就想，哦，看来这个春节晚会不是谁上就立马能火的。

刚要张扬的心情迅速冷静，让范伟逐渐形成了踏实的心态，更加卖力地锤炼演技。如今的范伟不仅在小品、影视剧里有出色表现，就连他所拍摄的广告和宣传片也成为网上下载传播的热门。

**鲁　豫：**什么时候发现认识自己的人越来越多了？

**范　伟：**《卖拐》之后，尤其是演完《刘老根》。《卖拐》虽然反映很好，但大家没有特别喜欢我，《刘老根》之后，大家聊起来就能学几句我戏里人物的话了。

**鲁　豫：**那时候再上街会不会有点不方便？

**范　伟：**也没什么不方便，没有太大的变化，即便到现在也没什么特不方便的。在北京，大家顶多看看你，打个招呼；在沈阳可能就稍微奔放一点哈，从后面上来“啪”一声拍你肩一下，叫一声“彪哥”。或者正吃饭呢，忽然过来一人，说“彪哥，我走了，那啥……账结了啊”，然后就走了。

**鲁　豫：**东北好像都是这样的，我也碰到过，他们没有任何要求，甚至也不会过来跟你要签名或合影，直接就走了。

**范　伟：**对，完全没有任何要求，结完账打个招呼就走，而且还是临走才告诉你。东北人就是这样，只要他喜欢的人都会这么对待。

**鲁　豫：**很多演员刚刚走进演艺大门的时候，内心多多少少会想，有一天我如果成名了会是什么样，你想过吗？

**范　伟：**我想问题没有那么远，我一般就想眼前的那点事。比如说上完春节晚会，我肯定有点小得意，觉得差不多了，都上春节晚会了，观众肯定会认识我，结果没人认识，怎么就没认识呢？找原因，都说本山大哥是一个杀人的演员，在台上，他的搭档肯定是暗淡无光的。等到第二次上完又觉得这回应该差不多了吧？在台上说的多了嘛，可还是没什么动静。于是就想，可能还是自己的问题。那时候没想到要给自己设定一个形象，包括表演风格需要彻底改变，我的改变仅限于一些小细节。比如第二次上春晚演一个司机，我就在细节上给自己设计一下，没什么效果，努力了，但还是不成。没什么，接着再努力吧，之后也习惯了，习惯大家不知道这个人叫范伟，只知道他是赵本山的搭档。

**鲁　豫：**你属于特别会从自己身上找问题的人？

**范　伟：**对，时刻在检讨自己。

**鲁　豫：**这种性格的人通常挺累的。

**范　伟：**没错，累，的确挺累。但这就是性格，改不了，没办法。

**鲁　豫：**比如面对媒体的时候，是不是会想很多，希望自己说的每句话最好不要伤害到别人？

**范　伟：**没错，所以我现在坐在这和你聊天，相对而言比较紧张，会出汗，都说心静自然凉，出了汗肯定是有点紧张了。我紧张是因为想得太多，瞻前顾后。我也试图改变，但改变不了。90年代的时候，很多人建议我去参加综艺晚会，类似《快乐大本营》那种节目，我也试着去做，想把自己的性格打开一点，结果不行，搞得自己特别尴尬，尝试几次之后再不去了。我记得别人还试着引导我说，此时此刻你不是范伟，你可以进入某一个小品的人物，你带着人物感觉来参与。但行不通，我还是我，就是范伟，不是其他什么人物。

**鲁　豫：**你在生活中是什么样的？

**范　伟：**生活当中就是这样的。说心里话，为什么我特别打怵各种谈话或者采访，我就觉着自己不像别人聊得那么好，我聊天没什么魅力。

**鲁　豫：**挺有魅力的！

**范　伟：**我自己觉得没有，真的。你看我演人物的时候比较自信，但此时此刻范伟坐在这儿聊天，特别木讷。

**鲁　豫：**其实你已经进入这样一个层次了：作为观众，我们已经接受你了，你往这儿一坐，不论你说不说、怎么说，我们都接受了。范伟在这儿了，就行了。

**范　伟：**你是一位非常好的心理医生。

**我十九岁的时候，人家问我说小伙子你多大了？我说我长得可老啊！你往小了猜！结果人家说，那你顶多三十一二吧！**

范伟式的喜剧以表现小人物的人生百态见长，他用带泪的欢笑表现生活的无奈和尴尬，我们在品味快乐的时候更感觉其中的苦涩，这就是生活的味道。戏里是配角，戏外的感情生活更是一片空白，与《乡村爱情》中的王木生相似，范伟曾是个大龄青年。

> 王木生：五十五的都光棍我三十五愁啥！
>
> 王木生第二次到象牙山，在车上触景生情：这山，这水，还是那么美呀！可是人捏？小蒙她好么？旧地重游心忧愁，哥哥找妹泪花流！（唱：问君能有几多愁，恰似一江春水向东流！）
>
> 王木生：天涯何处无芳草，为什么非得把有夫之妇找？要形象有形象要个头有个头，不就口齿有点问题吗？

虽然没有王木生的大舌头，但是长相老成曾让范伟非常自卑。犯愁的父母开始频频给他安排相亲，现在的妻子正是范伟当年"相"的第三个姑娘。在追求妻子的最初，范伟曾经接连犯错，弄巧成拙。

**鲁　豫：**你在生活中是一个浪漫的人吗？

**范　伟：**不浪漫。

**鲁　豫：**谈恋爱的时候呢？

**范　伟：**也不浪漫，我从来没有自己谈过恋爱搞过对象，更没有说喜欢谁了我去追求她，完全都是相亲。算上我媳妇，我曾经见过的姑娘全是别人介绍的，我媳妇是我见的第三个姑娘。别人介绍说这是谁谁谁，然后我们就坐在那儿，俩人来回看（笑）。

**鲁　豫：**你们在什么场合相亲呢？

**范　伟：**两边亲戚朋友都认识，因为那时候我已经26岁了，从24岁起我妈就开始着急了。

**鲁　豫：**这么晚？在此之前你完全没有谈过恋爱吗？

**范　伟：**没有。

**鲁　豫：**不应该啊，一般在学校里面文艺特别突出的男孩女孩都是叱咤风云的人物，有很多人喜欢的。

**范　伟：**完全没有。可能是时代不同，而且后来到了单位，我永远是里面最小的一个，总是给别人帮忙送个情书、传个纸条儿什么的，他们都比较相信我，但我自己从来就没有恋爱过。

**鲁　豫：**那你不会觉得某个女孩长得挺好看的或者对她挺有好感？这种感觉也没有过吗？

**范　伟：**在学校的时候有过。那时候我们学校有一个拉提琴的女孩儿，我觉得她特别好看，但没事多瞅几眼就完了（笑）。

**鲁　豫：**怎么没有再往前发展一下？

**范　伟：**年龄不行，那时候我才上中学。后来到了单位就都是比我大的了（笑），自然也没有机会谈恋爱了。

**鲁　豫：**爸妈开始着急了，你自己那会儿急吗？

**范　伟：**自己还不怎么着急，就是爸爸妈妈急，而且主要是妈妈着急。

**鲁　豫：**他们一般都给你介绍什么样的女朋友？

**范　伟：**就介绍差不多的呗，比如年龄比我小个一两岁，那时候都找小一两岁的。

**鲁　豫：**做什么工作呢？

**范　伟：**我那时是沈阳曲艺团的相声演员，也不是出类拔萃的那种人，所以一般就给我介绍个商店的营业员，还介绍过技术员，会画图纸。头一个接触了几天，后一个接触了一个多月。

**鲁　豫：**你都没看上人家？

**范　伟：**我……嗯……呃，怎么说呢（脸红结巴）？也不是没看上，两个人接触一个多月以后我还是没有那种……那种喜欢的感觉，其实人都挺好，对我也挺好，我对她也挺好。后来我还问一个老师，我说像我这种情况，都一个多月了，也没什么特别的感觉，如胶似漆或者两三天不见面就特别想的感觉我都没有，这将来行吗？

**鲁　豫：**当然不行啊。

**范　伟：**对，那个老师跟我说，你想，现在你们都没什么感觉，结婚之后就更没什么感觉了。他说你趁早做决定，也别耽误了人家，你再找别的吧。后来我就跟她说了，人家也莫名其妙，说是什么原因呢？我说没有原因，反正就别处了。

**鲁　豫：**相亲相到第三个有感觉了？

**范　伟：**对，第三个还是比较对眼的（笑）。

**鲁　豫：**你太太的名字跟香港一个港姐的名字是一模一样的，你们俩当初是一见钟情吗？

**范　伟：**没有，是我对人家有好感，人家对我没有那个意思。首先她比我小了六岁，在那个时代，小六岁是不得了的事。

**鲁　豫：**但是女孩比男孩小应该也没有什么吧？

**范　伟：**那也不行，我本来长得就老。我19岁的时候，人家问我说小伙子你多大了？我说我长得可老啊！你往小了猜！结果人家说："那你顶多三十一二吧！”

**鲁　豫：**如果你不说“往小了猜”还猜40不成？

**范　伟：**那肯定的，最起码也说“那就35左右吧”！

**鲁　豫：**这样的长相有一个优势，当年看是这么大，现在看还是那么大。

**范　伟：**对，所以你看我现在这样就能知道当年有多老了！

**鲁　豫：**这样你太太就显得更年轻了。

**范　伟：**她偏偏还长得显小，看起来比同龄人小。当时她刚从学校出来，相亲前我们那个介绍人还跟人家瞒了我一岁，我说我都长得老成这样了，你还瞒她干嘛啊！就跟人实话实说呗！介绍人觉得小五岁跟小六岁好像差一大截，所以说我只比人家大五岁。后来我到她家去的时候，看到妈妈领着她们姐俩在那儿，我上去就跟她姐姐说话，以为是那个姐姐要跟我相亲呢，其实她姐姐那时候已经订婚了。介绍人赶紧跟我说，不是这个，是那个小女孩。我一看，哦，原来搞错了。他说你觉得怎么样啊？我当时就觉得肯定不行，我说算了算了。

**鲁　豫：**你就觉得年纪差得太大？

**范　伟：**对啊。

**鲁　豫：**别的呢？觉得这女孩挺好的？

**范　伟：**挺好的，但觉得这是不可能的事。因为之前那几次相亲吧，每次走的时候女孩儿都给送出来，她没送我，是她妈妈给我送下来的；再加上双方年龄相差这么大，我就觉得肯定希望不大。那先发制人吧，我就说不行，这事儿肯定成不了，算了吧。

**鲁　豫：**那你心里有没有一点喜欢人家的意思？

**范　伟：**有，肯定有（笑），但我一直说不行，后来介绍人也看出来了，说先问问人家吧，结果那边也说再看看，再商量商量、琢磨琢磨。这时候正好我去大连参加星海杯相声大赛，一走半个月，回来之后介绍人又跟我岳母提了一次，说小伙子回来了，要不然见见？我岳母说接触接触也行，那时候都叫接触。我们到沈阳的北陵公园见了面，就开始“接触”了。据我太太回忆，第一次见面对我印象特别不好。

**鲁　豫：**为什么？

**范　伟：**完全是弄巧成拙，对自己没有个正确的估价，穿的裤子特别特别瘦，头发还弄成爆炸式。你想想，我这个身材，捣饬成那样儿！她后来说当时看着觉得不舒服，其实是我姐姐愣把我包装成那样的。

**鲁　豫：**这包装太不靠谱了。你弄的是费翔那种头吗？

**范　伟：**1988年嘛，都兴“一把火”的头！肯定时髦，但那身打扮要配很帅的小伙子才会好，我这个样反而弄巧成拙了。幸好后来又有接触。事后她跟我说，对我印象最好的是我们第一次吃饭的时候，她当时不怎么吃东西，所以剩了一大堆，我就“嘁里呼哧”，东北人叫“打扫”，全给吃了。她反而有好感了，觉得我属于特别朴实的那种人，不装。

**鲁　豫：**你当时是好几天没吃饭吗？

**范　伟：**不是，就是本能的，真的（笑）。

**鲁　豫：**好歹是第一次和一个女孩吃饭，怎么也得矜持点吧？

**范　伟：**脑子里完全没有这念头，我这个年龄的人，对饭特别亲，真的！觉得一定不能浪费粮食。我三十多岁的时候查出来有高血脂，后来就开始节食，过去完全没有节食的概念，桌上所有剩的东西都要吃了，必须的。除了吃饭这件事儿加分以外，主要我媳妇的眼睛有点近视，她跟我搞对象的时候，为了好看，没戴眼镜。

**鲁　豫：**所以看你是朦胧的？

**范　伟：**对，看我都是朦胧的。那个时候她如果戴上眼镜看清楚了，再没有那顿打扫，这事儿就够呛了！

幸福是什么？幸福就是：我饿了，看见别人手里拿个肉包子，他就比我幸福；我冷了，看见别人穿了一件厚棉袄，他就比我幸福；我想上茅房，就一个坑，你蹲那儿了，你就比我幸福。

——范伟在《求求你表扬我》中的台词

**鲁　豫：**我总觉得生活中不特别浪漫的人，往往是骨子里特别有浪漫情结的，即便不会做一些形式感特强的事儿，但可能会用一些特别具体的行动来表达，你会吗？

**范　伟：**其实没什么浪漫的。像谈恋爱的时候，每次我们俩并排走，我永远让她走在里面；要到哪儿去，如果我在前面，肯定先把门开开。现在可能觉得这些很正常，在当时，在沈阳，还是比较少见，但我都是下意识的。可能这些细节上她印象比较深。

**鲁　豫：**两人1990年4月10号结的婚，马上就满20年了？结婚纪念日的时候会有什么特别的庆祝方式吗？

**范　伟：**还没想好呢，今天往八大处那边走，突然想到赶明儿领她登登山还挺好的。

**鲁　豫：**光爬山可不行。

**范　伟：**爬山不好吗？那谁给我出点主意？

**鲁　豫：**烛光晚餐？或者像王木生那样写首诗？

**范　伟：**作诗靠谱！谁说女子不如男，不简单啊不简单（笑）！

**我属于蔫巴人暴脾气，“噎”一下发出来的火往往让大家猝不及防。对谁都特别客气，其实这可能是潜意识里缺乏安全感的表现**

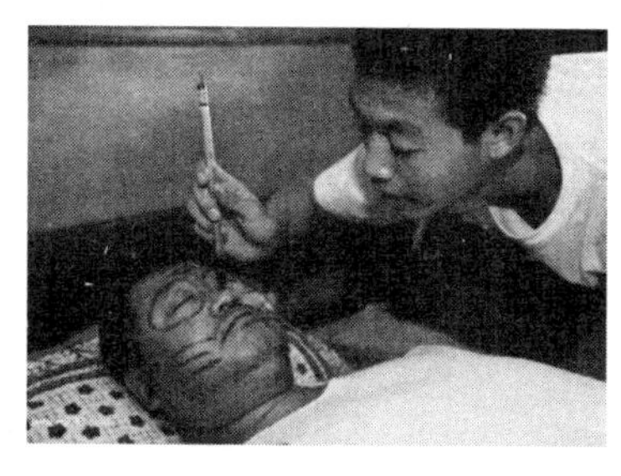

2004年，加拿大蒙特利尔电影节上，由中国导演安军执导、范伟和陈小艺主演的《看车人的七月》获得了电影节评委会大奖，范伟被评为最佳男主角。

范伟饰演的主人公杜红军是一个下了岗离了婚、给人家看车的普通人，一个相貌朴实、感情内敛，有点窝囊、有点悲哀的小人物，但这个处处碰壁的人，对生活还是充满了热情。他认为只要活着就有希望。这种“活着”不是一般意义上的生存，而是忍受，忍受生命赋予的责任，忍受现实的苦难。为了活着本身而活着，这样的真实触目惊心。

片中父亲对儿子的疼爱真实感人。他没什么本事，只想安安生生地过日子，为了教子成龙，见谁都点头哈腰，事儿找到自己头上也只求息事宁人。在尊严、感情受到挑战与凌辱时，他依然努力呈现着惯常的笑脸，偷偷塞钱给顶头上司，为儿子学校的教导主任按摩，对派出所民警说好话……这种懦弱、窝囊、屈辱全都是为了一个目的，呵护自己并不争气的儿子。他的行为显示出人性难以克服的弱点，也衬托出父爱无与伦比的高贵。

**鲁　豫：**你是个严厉的父亲吗？

**范　伟：**不严厉，我在家里特别不严厉。

**鲁　豫：**你跟儿子之间是什么样的父子关系？

**范　伟：**过去是特别放松的关系，孩子嘛，到十四五岁以后就有了点儿变化。我印象特深的是前年有一次我们全家出去旅游，我跟儿子之间发生了一些小冲突，之后我就发现不能再拿他当孩子了。

**鲁　豫：**怎么叫"冲突"？

**范　伟：**原本是件小事，在机场的时候儿子要上厕所，我说你先别去，等我们到了候机厅，我们仨坐到那儿，把东西放下，再去上厕所。他说："我们仨把东西放那儿？我们仨上厕所，那谁看东西啊？"我说我看啊！他说："那怎么叫我们仨去啊？"

**鲁　豫：**小孩有点矫情。

**范　伟：**结果我就来劲儿了，我说你废什么话！我说的就对，就是这么回事！然后儿子说："你就是狡辩！"这一下完了，儿子从来没正式地评价过我，第一次正式评价就说我狡辩，我一下就受不了了。我属于蔫巴人暴脾气，"噔"一下发出来的火往往让大家猝不及防。

**鲁　豫：**你啊？不会吧？

**范　伟：**我媳妇当时都吓哭了，真的。

**鲁　豫：**啊？是在国内机场还是国外机场？

**范　伟：**国外机场。

**鲁　豫：**还好没有中国人，你发火就是一直说他吗？

**范　伟：**当时我那火发得自己都忘了说什么了，当当当地说了好多，娘儿俩全吓哭了，可能特别厉害，之后几天儿子都躲着我走。这件事以后我觉得不能像过去那样看待孩子了，他都对我有狡辩的评价了，我得注点意了！后来我又跟儿子现套，聊天什么的，慢慢和好了，但是从那以后，我在孩子的面前就没那么放松了。

**鲁　豫：**你属于平常态度挺和蔼，但偶尔也会爆发的爸爸？

**范　伟：**对，这是媳妇对我的评价，说我平时对谁都特别客气，包括我出去买东西都是那样，其实这可能是潜意识里缺乏安全感的表现。我对大家客气，是希望大家对我也同样客气；但是有时候，我对大家特别客气的时候，大家对我却无所谓，一下子就让我不高兴了，生气了，对方还觉得莫名其妙。这是我媳妇对我的分析和观察，我觉得有道理。

**鲁　豫：**你们俩之间是一种什么样的夫妻关系？是你听她的，还是她听你的？

**范　伟：**刚开始她听我的，后来我就听她的了。真是这样！我觉得她对有些事的判断比我准确。我太感性，所以好多事我都要征求她的意见。

**鲁　豫：**用剧里刘能的话说，就是给"治背服了"。

**范　伟：**是背服了，但她也没治我，我自己就缴枪了，服了。

**鲁　豫：**你太太特别低调，从来不出来？

**范　伟：**她不是故意要低调，她的的确确是那样性格的人。我记得有一回我们在大连电视台做一个家庭节目，因为带着儿子去，人家就说把他妈妈也带过来吧，我说不行，媳妇绝对不能去。人家就说那不让她上台，你跟儿子在台上聊天、玩游戏，让她在下边坐着。我说那行，从沈阳到大连也有一段路程，孩子还小，为了陪孩子，就让她去吧。当时是现场直播，她就在台下边坐着，谁知道中间儿忽然就给她弄上台来了，一上来就傻了，就在那儿笑，一句话也不说，紧张。我还说这么弄节目不砸了吗？谁知道第二天观众来信反馈，说好啊！这节目挺真实啊！还真是现场直播啊！这人上去一句话都不说啊（笑）！后来我还问媳妇你为什么一句话都不说啊？她说我当时脑袋完全是空白的，什么也说不出来。

**鲁　豫：**你太太也太可爱了。你平时在家里会干家务活吗？

**范　伟:** 干，还做饭做菜。

**鲁　豫:** 范德彪是二级厨师，你咋样？

**范　伟:** 我三级吧。真的，我要开个小吃部什么的没问题。

**鲁　豫:** 你属于会干也常干，还是会干但没时间干？

**范　伟:** 我有时间，也爱干，我爱炒菜、爱做饭。但让我去拖地刷碗，包括洗衣服我就不爱干。

**鲁　豫:** 有技术含量的活你爱干，对吧？

**范　伟:** 算有点吧，馋人爱做菜，我比较馋。也不能算常做，反正逢年过节，只要有时间肯定不爱在外头吃，只要在家里吃就会做点儿。

## 我特别不爱应酬。如果真的需要出去社交的话，会特别不自在，尤其大家以我为中心的时候就更不自在

或许是受到电视剧里人物形象的影响，范伟给观众的印象往往是善于交际，在酒桌上能说又能喝。镜头前的范伟往往一杯接着一杯，但在实际生活中，酒场是范伟最怕去的地方。别人眼里“很能喝”的误解曾经给他带来很多麻烦，而不善于沟通、要面子、认死理的性格弱点，也让范伟和朋友交往时闹过很多哭笑不得的糗事儿。

**鲁　豫:** 你是那种朋友很多，常常出去应酬的人吗？

**范　伟:** 不是，我特别不爱应酬。如果真的需要出去社交的话，会特别不自在，尤其大家以我为中心的时候就更不自在。

**鲁　豫:** 你是真的不喝酒？

**范　伟:** 真的不喝。

**鲁　豫:** 据说东北人都很能喝，你属于是能喝但不喝的？

**范　伟：**就是不能喝酒，我因为喝酒这事儿在外边的误会太多了。

**鲁　豫：**你是多少的量？

**范　伟：**量？啤酒少半瓶，白酒一小盅，超过一盅，我就开始脸红，心跳120下，头疼。我喝最多的一次特别危险。那次我求朋友办事，托的是朋友的朋友，后来我请人家吃饭，人家说咱们怎么喝呀？我说我不能喝酒，对方说你不能喝酒，我们干嘛来了？我就是想喝酒啊！你点什么菜对我来说无所谓，你要是不喝酒的话，这饭没法吃啊！最后我朋友说，那多少喝点吧，大家别扫兴。我说怎么喝？他说我怎么喝你怎么喝呗！然后他就叫了那种东北的口杯，一次一两半，白酒"咚咚咚"就给倒上了。倒完说了一句"那我先喝了"，"哗"一下全进去了，我说要我也这么喝，喝完肯定没法继续了。他说没事没事，你喝吧。都不能喝，谁能喝啊？我说我脸红，他说都脸红。东北人劝酒特别厉害，说什么揣药片的、梳小辫的、红脸蛋的都是最能喝的！没问题，你喝吧！那时候我也不知道自己喝多了究竟会怎样，我想我这体格，喝就喝了，能怎么样啊，应该没什么问题，所以也"哗"一下喝进去了。喝完以后，他很高兴，开始跟我聊天，聊着聊着我就感觉这个人说话的声音怎么离我越来越远了，就像在山谷里说话的感觉。

**鲁　豫：**你这也太快了！

**范　伟：**真的，瞬间声儿越来越小，越来越遥远。然后我就"哐"一头栽到桌子上不省人事了。醒来的时候已经是四小时以后了，客人走光了，我那个朋友还留着在那儿等着我，饭店的服务员全站那儿等我，都等着下班呢！我当时干脆站不起来了，硬是被弄到车里头。到了我们家楼下，我住六楼，也没有电梯，已经夜里一点多了。最后我就在小区的长椅子上躺着，媳妇带了床被子下来给我盖上，又待了两小时，这才能上楼。

**鲁　豫：**就是那么一杯酒？

**范　伟：**就这一杯酒！媳妇说你如果再多喝点儿，肯定酒精中毒。

**鲁　豫：**你去医院开个证明得了，说此人易酒精中毒，不能喝酒，然后每次拿给人看。

**范　伟：**这招儿可以考虑，不过后来大家渐渐都熟悉了，关系比较近的朋友也都知道我是真不能喝酒。

**鲁　豫：**所以你“小抿”的外号就这么来了？

**范　伟：**这是王志文给我起的外号，叫我小抿，喝酒小抿一口哈。

**鲁　豫：**王志文是上海人，挺能喝的吧？

**范　伟：**他特别能喝，而且如果对了脾气他就更喜欢一起喝了。那时候我们一起拍戏，到晚上他就给我发短信，咱出来喝酒吧。我去了之后说不能喝酒，他也不劝，说你能喝多少你喝吧。哎哟，我一喝他发现我还真是不行，从此以后就叫我小抿。一发短信，就说“咱们小抿”。呵呵。

**鲁　豫：**你还不抽烟？

**范　伟：**不抽。

**鲁　豫：**你生活真健康，那你在生活中的爱好是什么？

**范　伟：**爱好炒菜，现在不是有个新词儿叫宅男吗，我就属于宅男，阳光宅男（笑）。在家一待，没事儿做点儿菜。我有几个特别要好的朋友，平时没事就到我们家来，大家在一起瞎聊。

## 我就是死要面子活受罪，有时也说不好自己这种性格

**鲁　豫：**有一次我看一个节目，巩汉林讲你的故事，把我乐坏了，说

是买裙子什么的？

**范　伟：**是给汉林的媳妇金珠买裙子，我借给他钱。那事儿早了，是八几年我们去大连的时候。大连在东北一带就算是比较洋气的地方，买衣服都在那儿买，那时候我一个月挣30块左右，我带了300块钱巨款到大连去参加比赛。汉林一向爱买东西，他们两口子老在外面买东西，都挺时髦的那种。那次他就给金珠看上一条裙子，回头管我借了300块钱，我当时就借给他了，后来还钱的事儿还被我们改成了一个小品，叫《面子》。前一阵还聊起来，这完全是因为我那种要面子的性格造成的，换作别人可能还不这样呢。当时我借他了，之后他给忘了。你想想，300块钱对我当时来说意味着什么？

**鲁　豫：**差不多一年十个月的工资呢，真挺多的。

**范　伟：**时间也过了将近一年十个月。

**鲁　豫：**他真给忘了？

**范　伟：**真给忘了，汉林平时属于特别严谨的那种人，单把这事儿给忘了。

**鲁　豫：**你们俩一样，都属于比较谨慎那种？

**范　伟：**不，汉林严谨，但我不是。那天节目编导还问我有以前的影像资料没有，我说从来不留这些。要是换作汉林，他的资料从小到大都有，包括现在每次出去旅游也会做成光盘，特别好。汉林真是既严谨又有条理的一个人，我呢，就有点乱七八糟，这也不知道留，那也没有，但就是死要面子活受罪，我有时也说不好自己这种性格。那次事后他完全忘了这件事，我就纳闷，汉林这么仔细的一个人怎么就会忘了呢？那时候我有什么事儿都愿意跟我姐姐商量，我姐姐就给我说，要不你哪天去看看孩子，买点什么东西捎去，顺便聊聊，聊聊那裙子，提提醒，我说行！然后就花了好几十块钱，差不多一个月工资，买了一个布艺娃娃去看汉林的孩子小阔。平时我去都简简单单的，这次忽然还买礼物了，汉林也挺莫名其妙的。然后我们坐那儿聊天，聊着聊着我就说金珠在大连买了个裙子是吧？汉林说对啊！我说穿着好看吗？好看好看！说罢还从柜子里拿出来给我看，你看，可好看了！唉，还没想起来。最后这样聊了半天，我就走了……回来姐姐说咱们再等几天，看看能想起来吗，还是没有。这可怎么办？后来我想，汉林这么严谨的一个人，不会想不起来的，会不会我曾经借过汉林什么东西，汉林又通过这个方法要回去了？

**鲁　豫：**你想得太多了。

**范　伟：**对，这个弯绕得比较大，即便如此也没想明白。之后我又去了趟他们家，给孩子买了些水果什么的。

**鲁　豫：**里外里你搭进去不少东西啊！

**范　伟：**第二次去的时候犹犹豫豫地终于把这事儿说了，汉林“哟”一拍脑袋：“我想起来了，哎哟，真不好意思！”我说：“我也不好意思，都不好意思了，呵呵。”后来我们就把这件事改成个小品。我觉得这有点国民性，代表了特殊的一类人，挺有意思的。

**鲁　豫：**其实很多人都是这样，好多话没法当面说，要是现在，可以发个短信说说。

**范　伟：**短信也不好意思发。

**鲁　豫：**你有这个特点，找你借个钱挺合适，你根本不好意思怎么样。

**范　伟：**人的性格使然，后来我媳妇知道这件事儿了，觉得也就是我这种人能做出来的事儿。

**先不管别人怎么说，很多戏我自己就受不了，自己都不敢看，看了就出汗**

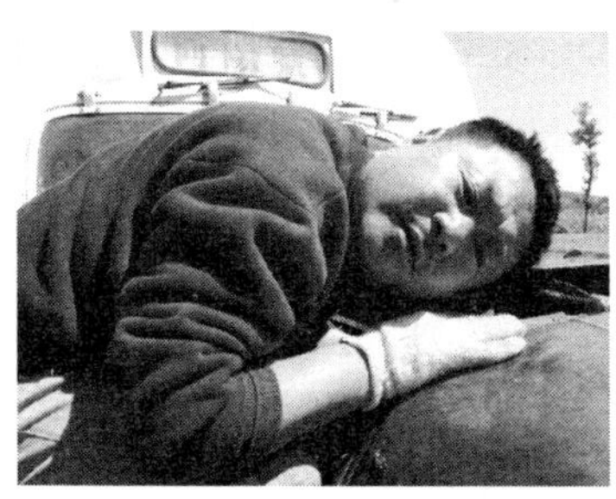

范伟主演的《看车人的七月》和《芳香之旅》先后获得国际大奖。有意思的是，范伟是躺着去领奖的。

**鲁　豫：**有一次我在飞机上看到一部电影叫《芳香之旅》，后来知道它又为你带来了一个影帝的头衔。得了开罗国际电影节的最佳男演员奖，这奖得的很不容易，听说你是躺着去领奖的？

**范　伟：**对，躺着去的，因为之前胸椎骨裂，受伤挺重的。2006年10月8号的时候，我拍电视剧，现场骑三轮跨斗的摩托，三轮跨斗特别不好骑，很容易翻车，我骑了两天，精神高度集中，没出什么事。最后一天的最后一个镜头，导演说你从镜头前滑过，前边左转弯一出画面就完了。我说好。他说开得稍微快一点，我说行。毕竟最后一个镜头了，大家都没太在乎，一开拍我就“嗖”地上去了，开得挺快，结果上去之后才发现，这个左转弯太急了，而且路是垫起来的，两边都是三四米深的沟。我一看弯这么急，一下就有点慌了。后来有经验的人告诉我，就算弯儿急也没事，你只要找准了方向就行，但我当时不知道啊，我立马把轮子往右一打，结果因为反作用力，翻车了。这一翻我的脚正好踩到沟沿儿上了，一步一步越来越往下，摩托翻了，“哐”砸进去了。

**鲁 豫：**砸你身上了？

**范 伟：**没有，摩托要砸我身上就坏了，三轮跨斗七百多斤呢。我当时被什么东西给窝着了，把胸窝了一下，胸椎就受伤了，躺那儿动不了，到医院一看，说是骨裂，要是骨折就坏了。

**鲁 豫：**后来在床上躺了多久？

**范 伟：**躺了有四个月。

**鲁 豫：**想想会后怕吗？

**范 伟：**当然后怕。我10月8号摔的，12月5号去复查的时候大夫说长得挺好的，问题不大。大夫告诉我挺胸抬头，掐着腰站起来，所以我就挺着胸上医院去了。大夫一看就笑了，说你也别老这样，可以放松一点，长得不错。我一听长得不错觉得挺高兴，回家接着养。5号去复查，6号导演就来电话说得去开罗，可能男女演员都得奖了。但是张静初正在美国拍《尖峰时刻3》，她是工作签证，出来以后回不去。这么大一个电影节，男女演员都不到会有问题，太不像样了，怎么也得来一个吧。我说我肯定去不了，然后导演就跟开罗那边商量，也问了大夫的意见，开罗那边意思是坐头等舱也好，怎么样也罢，反正一切条件都可以，你躺着来都行。大夫说有没有人陪着啊？我说需要吗？他说需要，有一个人陪着就行，因为是胸椎，只要躺着别窝了就行。最后跟那边一商量，就让媳妇陪着我去了。

**鲁 豫：**你躺着上飞机的？

**范 伟：**躺着。我们特意绕了一圈儿买了一趟从新加坡去开罗的飞机，它的头等舱类似一个床的座位，我上去就可以躺着。

**鲁　豫：**这待遇不错。

**范　伟：**待遇是不错，但绕了很大一圈，用了很长时间。我一回来就有人说，你这么重的伤，才两个月就能够跑开罗去，分明是为了这个戏炒作嘛！我说怎么可能？难道为了这个戏的炒作，大家从摩托车上往沟里推我啊？干嘛呀？而且我后来也不演这个戏了，这种说法没有任何道理，分明是瞎说嘛！

**鲁　豫：**以你的这种性格会特别在意这些说法吗？

**范　伟：**这种事我倒不太在意，因为根本没有任何道理可言，说过就过了。

**鲁　豫：**你会很在意自己的公众形象？

**范　伟：**公众形象是一方面，我比较在意的是我演的每一部戏、每一个人物。

**鲁　豫：**如果我们说好，你内心也会觉得特别满足？只要有一点点批评，哪怕是可以商讨的，你内心也会别扭？

**范　伟：**先不管别人怎么说，很多戏我自己就受不了，我拍了很多戏自己都不敢看，看了就出汗。

**鲁　豫：**每次有一部好的戏、一个好的角色，听到自己的台词被大家不断地学，什么感觉？

**范　伟：**特别特别幸福。

**鲁　豫：**前一阵我看新闻，你在拍一个电影，而且还被吊起来？

**范　伟：**《即日启程》，要吊威亚。

**鲁　豫：**吊威亚什么感觉？

**范　伟：**特别不好玩，难受。一般人家武打明星体重都很轻，像我们这种体格的就比较受罪，像你这样的肯定没事。

**鲁　豫：**现在你的伤一点儿事都没有了吗？

**范　伟：**有时候走时间长了、站时间长了、哈腰时间长了还是会受不了。胸椎倒是没事，就腰有事，我觉得可能是韧带或者肌肉还没恢复。

**鲁　豫：**你平常做什么运动吗？

**范　伟：**平时就转腰、晃腰，呼拉圈也可以，但现在不敢了，太强烈，只能缓缓地晃，散散步，过去还游泳，现在也不游了。

**鲁　豫：**我觉得你可以演到很老很老。

**范　伟：**对，尤其像我这种十九岁像三十多的人，我属于“中年永驻”！我一直觉得，在身体允许的情况下，我肯定会一直演。我从来就没演过年轻人，王木生三十多岁都算比较年轻的，因为是夸张的喜剧，又有人物关系，大家没有太追求这种年龄上的细节。我想我也只能演中年了。

## 葛优不是说了嘛，二十一世纪什么最贵？人、人、人、人才啊！要不您抄点“人”回家？

赵本山：“男人要有钱，和谁都有缘。”怎么着？当宅男啦咋地？腿不瘸了？

范　伟：早就不瘸啦，你看，都走上新的人、人、人生道路啦。

赵本山：脑子呢？也好使了？

范　伟：好使了，不是说屁、屁、屁、屁股决定脑袋嘛！

赵本山：哦，屁股还没出事儿。

范　伟：咋地，从老家来啊？也来北京抄底来了，挺、挺时尚啊，大叔！

赵本山：那必须地！这不国家要拉动内需嘛。大叔这一年肠胃不得劲儿，经常拉，身体老虚了，“拉虚”的滋味不好受啊，国家是咱的，咱必须帮着国家拉一拉你说对不？

范　伟：哎呀妈呀，大叔，没想到您思想境界那家伙太高尚了，真的，这要和几年前卖我拐的时候比，简直就是悬崖勒马、重新做人了。呵呵，怎么着，这一年做啥买卖来着？

赵本山：这不当了火炬手，之后启发了我，回家就开了个厂子，生产打火机。

范　伟：打火机那能挣几个钱啊？仨、仨、仨、仨瓜俩枣的。

赵本山：错了，我们设计这打火机，绝对有创意。

范　伟：啥创意？干打不着咋地？

赵本山：你看你脑子确实是好使多了，猜的还真八九不离七。我们生产的打火机必须打三次才能打着火，你第一次打，里面有个声音说“别抽了，肺都黑了！”你第二次打，里面有个声音说“别抽了，金融都危机了！”你第三次打，里面有个声音说“别打了，男人抽吧抽吧不是罪！”然后就火苗“噌”就出来了……

——赵本山、范伟2009春晚被毙小品《抄底》台词片断

**鲁　豫：**你还会跟赵本山一起上春晚演小品吗？

**范　伟：**我一直说看作品，如果没有合适作品的话，你自己难受，观众也会失望。

**鲁　豫：**据说《乡村爱情3》要拍了？

**范　伟：**好像在策划当中了。

**鲁　豫：**你准备再接着上吗？

**范　伟：**只要是需要就上呗。

**鲁　豫：**需要，必须的嘛。

**范　伟：**必须的！

**鲁　豫：**真希望你再多演一些角色，演到很老很老，电视剧、电影、小品全都演。

**范　伟：**行，我全面开花！

**鲁　豫：**你的人生理想是什么？

**范　伟：**就是做一个好演员。

二十一世纪什么最贵？

人才。

二十一世纪什么最贵？

和谐。

我梦想有一天，有一样东西，能将世界上所有的争端都化为无形，刀枪入库，铸剑为犁；我梦想有一天，有一个方法，能解决人类所有的分歧，大地鲜花盛开，孩子们重展笑颜。

分歧终端机，一切皆可解决。

这些通过范伟之口说出来的经典台词，有事实，有无奈，更多的却是中国人的自嘲与幽默。自嘲是自信的一种表现，蔫坏的范伟正在与开放的中国人一起，用自信的笑，面对并不轻松的生活和并不和谐的世界。

# 郭德纲

## 属猩猩的

## 人物小传　郭德纲　1973年生于天津

相声演员。八岁投身艺坛，先拜评书前辈高庆海学习评书，后跟随相声名家常宝丰学习相声，其间潜心学习京剧、评剧、河北梆子等剧种，辗转于梨园。工文丑、工铜锤，通过对多种艺术形式的借鉴，形成了自己的风格。2004年拜师相声艺术家侯耀文，后在北京天桥乐茶园创办“德云社”，上演节目达六百余段，深受京津相声迷喜爱。

## 以前我一直很清贫，也很寂寞，没人搭理我，更没人理我们这档子事。那些年，我们有的是工夫

天桥乐茶园，一个传统的剧场，惯常的座无虚席，几百位观众聚精会神，不时爆发出潮水般的笑声与掌声，这便是相声表演社团“德云社”演出时最常见的景象。用一个单字儿来形容：火。“德云社”的班主是相声演员郭德纲，此人三十啷当岁，自称“中国相声界非著名相声演员”。

出生在曲艺之乡天津的郭德纲八岁起就拜师入门，涉猎极广，不论是评书、大鼓、梆子、京剧，还是少有人学习的竹板书与滑稽大鼓，他都能拿得起来，而最拿手的莫过于相声。

**鲁　豫：** 今天采访现场差不多来了三百人，平常你们演出的天桥乐茶园都坐多少人？

**郭德纲：** 也差不多三百人吧，但是一般都卖出去五六百张票，比现在人要多一倍。

**鲁　豫：** 演出票一般需要提前多少天订？

**郭德纲：** 提前两周差不多就可以订到。

**鲁　豫：** 我听说有人帮你计算过，你曾经一个月接受一百多场采访，平均每天有三个媒体堵着你？

**郭德纲：** 有时候一天最多有十来家媒体，演出的时候，后台记者比演员还多呢。

**鲁　豫：** 有没有女粉丝在门口堵你什么的？

**郭德纲：** 我媳妇看得紧（笑）。

**鲁　豫：** 觉得这种变化突然吗？

**郭德纲：** 我没有更多地想这些，因为说相声十多年了，从一开始进剧场就没有把“名利”二字放在眼前，我觉得真正让大家关注的是相声本身。2006年以前我一直很清贫，也很寂寞，没人搭理我，更没人理我们这档子事。那些年，我们有的是工夫。现在受关注了以后心态还是没有变化，我认为自己只是一个普通的说相声的小演员而已。有一天一个媒体记者跑过来跟我说：“最近你很火，知道吗？”我一愣，我说也没人通知我一声啊！有这事赶明儿你得提前告诉我一下。我就是一个普通演员，跟大腕们没法比，跟笑星们也没法比。类似像观众找着签名或者要求拍照之类的事一直都有，可我觉得那不代表知名度。有一年我们到河北演出，一下车就看见挂一横幅——热烈欢迎相声表演艺术家郭德纲，没把我吓死，我说这谁开这么大的玩笑。演出结束的时候也有人找我签名，我说你认识我吗？“不认识。”“那你还找我签名？”“我知道你是说相声的！”其实这些年来在剧场里，有时候台下就十个八个人，甚至只有两个人，演出之后他们也会到后台要个签名，照个相什么的，这倒不意外，不能说明我有知名度。

**鲁　豫：** 现在躺床上休息时会不会有片刻感慨？觉得自己终于熬出头了？

**郭德纲：**我现在躺床上就想，哎呀，终于能睡觉了，累死我了！真没工夫想那些，太累了。每天早晨七八点钟出门，就有十几家媒体在楼下接我了，然后一家家地赶着接受采访、做节目，完了之后再回到剧场演出，结束的时候就已经是夜里了。真的是没时间去想其他的，好容易有点时间还想什么？赶紧歇息！

表演精彩不精彩，观众说了算。郭德纲的相声到底怎么好？最有发言权的不是别人，正是那些忠实追随着他的观众。多年的剧场演出经历，让郭德纲和他的“德云社”培养了一批相声迷，个个都是“铁杆粉丝”，自称为“钢丝”。

**鲁　豫：**之前我一直以为你在台上表演的时候下面观众发出“吁”声是起哄，后来才知道，那是“钢丝”们给你叫好呢。

**郭德纲：**是“噫”，不是“吁”啊！其实这种叫好的方式早年间北京没有过，是从天津的剧场里边兴起来的。观众太高兴了，光喊好、鼓掌不足以表达他们的心情，于是就发自内心地“噫”出来了。现在北京剧场里边，好多朋友都认为喊“噫”舒服、痛快，比叫好来得过瘾。如果你去听我的相声，愿意鼓掌或者喊“噫”都可以，但记住了是“噫”不是“吁”哦！

**鲁　豫：**要么说我只能算是你的初级“钢丝”哈。

## 我们也给不了别人什么，无非是说段相声，别太拿自己当回事了

从最初决定回归剧场说相声到今天，郭德纲走过了十年艰难旅

程，而他和“德云社”也终于火了起来。在那些忠实的“钢丝”心中，郭德纲是个了不起的角儿。

**鲁　豫：**听说你的粉丝中，有怀着孕还去现场看你演出的？

**郭德纲：**她在怀孕之前就一直到剧场看演出，怀孕后还是场场不落，直到临盆前几天仍然坚持捧场，后来剧场特意给她安排了一个大躺椅。

**鲁　豫：**她不怕笑得在现场就生了吗？

**郭德纲：**没这么夸张。我们的观众包罗万象，什么样的都有。有一位住怀柔的老先生，96岁生日的时候，家里人问他有什么愿望，他的回答是：“我要进城，到现场去听郭德纲说相声！”其实孕妇到现场的多了，一场七八位孕妇的情况也有过（笑）。

**鲁　豫：**你们应该在剧场门口贴一张告示，怀孕几个月以后您最好别进场，万一笑岔气不合适。

**郭德纲：**那倒不至于，她们都会回家生的。

2005年11月5日，郭德纲在天津大戏院开办个人专场，这是郭德纲衣锦还乡的首次演出，北京的“钢丝”团也跟着去了天津。当天华北地区大雾，京津塘高速封路，“钢丝”团租的大巴上午10点多出发，在半道又被迫折回，大家在北京站换了火车又奔天津去。更有铁杆“钢丝”迷，骑着自行车杀到了天津。

**郭德纲：**那天在天津的中国大戏院搞了一个我跟于谦的相声专场。我是头一天过去的，剩下所有演员都是准备当天早上九点钟包车过去，还有大批观众团包了一辆大客车。结果那天早上忽然大雾，路都被封了，我们的演员和大多数观众只好掉过头改坐火车，其中有几位干脆就骑着自行车来了。我知道有一位是《三联生活周刊》的记者，另外两位骑车的就不知道是谁了。

**鲁　豫：** 这些事你是怎么知道的?

**郭德纲：** 大伙告诉我的。现场有朋友说，你知道吗？今天有仨人骑自行车从北京来看你演出。我听完很感动，觉得实在无以为报，没有这么大的艺术造诣，大伙太抬爱了，下次我蹬自行车驮他们三人走。

**鲁　豫：** 这么多年有多少人是一直跟着你听相声的?

**郭德纲：** 这可没法统计了，十多年了，有很多观众是我刚到北京的时候就听我相声，一直到现在。当然，有"钢丝"，也有"钢管"，更多的还是一两年前成为新观众的。

**鲁　豫：** "钢管"是指最资深的观众吗?

**郭德纲：** 是指长得胖的"钢丝"（笑）。

**鲁　豫：** 现在"德云社"场场爆满，已经这么火了，为什么不考虑换一个大点的剧场呢？这样可以进多一些观众，票也不至于那么难买了。

**郭德纲：** 我研究过这个问题。比如说一些小饭馆，看起来挺破的，但是每天客满，连门口都摆满了桌子；挣了钱之后，落地重修，修得跟故宫似的，打那起再也没有人去吃了。所以我们不能换大剧场，最主要的一点是，小剧场是相声的根，也是我的根。二十块钱一场，花不了多少钱，来三五个朋友你请客都花得起，而且细水长流，一周四五场演出。大剧场不是不可以，也行。现在北京好多大剧场，包括北展、民族宫、天桥剧场，都在谈这方面的合作。可是终归大剧场台阶高，你在大剧场要卖十块钱的票，人家连电费都不够。这两天有观众朋友说："听说你们的票也卖好几百了，你这算脱离群众了吧！"我说没有，小剧场还是我们的根，不会丢下的。

**鲁　豫：** 听说你们的演出票在黑市已经炒到1500了？

**郭德纲：** 是吗？反正我知道解放军歌剧院的票从30块钱炒到600块，但是票价本身不高。据说好多黄牛党都供着我呢（笑）。

2006年1月12日，能容纳千人的解放军歌剧院人潮涌动，座无虚席。重新开张一年来从未上演过曲艺相声等节目的歌剧院，这一次为新年相声大会开了绿灯，原因只有一个，郭德纲来了。与此同时，“德云社”的演出也没有让“钢丝”们失望。偌大的剧场内时时爆发出潮水般的掌声、笑声和叫好声。整场演出在午夜时分进入了高潮，在观众们的一再催促下，郭德纲创造了返场22次的历史纪录。

**鲁　豫：** 不知道有没有关于演员演出返场的官方统计，比如世界纪录是多少场？但不管怎么说22场都是个挺惊人的数字。

**郭德纲：** 这关键得有个好体力，要不你顶不下来。七点一刻开始，演到十二点十分。

**鲁　豫：** 你一个人说的时间有多少？

**郭德纲：** 这个没统计，我那天说了三个大段子，一个《托妻献子》，一个《八大改行》，还有《文武双全》。实际上这三大段等于是六段，这几段加起来估计就得将近两个多小时，然后又返场了22段。

**鲁　豫：** 只能一直站着？不能靠着椅子说吗？

**郭德纲：** 腿短，往后靠不着（笑）。那天散了场好多观众都不走，观众不走我们就接着再说吧。因为之前我们估计返场可能最多17段，结果那天出奇的成功，我想以后自己都难打破它了。

**鲁　豫：** 如果22场以后，观众还在不停地起哄、鼓掌，你还会一直说下去吗？

**郭德纲：** 会的。就是怕剧场再加钱，大批的工人都等着下班呢。其实返场的情况很多，我们在天桥，在广德楼小剧场演出的时候都是这样。反正演的时候也不知道会返多少场，就演着看吧，返个十场八场是常有的事。我们不会非给自己定一个什么标准，得听观众的，关键是观众喜欢，他们愿意听，我们就多说点。我们也给不了别人什么，无非就是说段相声，别太拿自己当回事了。

**鲁　豫：** 听说你最后都热泪盈眶了？

**郭德纲：** 反正挺感动的。那天于谦老师也是一直揉眼，他八成有沙眼。

当晚的演出可谓高潮迭起，郭德纲的徒弟何云伟与师弟李菁助演的《学四相》也让前排观众乐得蹲在了地上。郭德纲使完最后一段正活儿已是晚上十一点半，真正的高潮方才开幕。一个接一个的小段子，包袱不断，观众的情绪高涨到了顶点。时至子夜，不但没什么人退场，气氛反而更浓。有资深"钢丝"在台下"点活儿"，郭德纲也大多欣然从命，台下甚至有人高喊："今儿不走了！"就这样，前仰后合、捧着肚子爆笑的"郭迷"们用笑声掌声叫好声伴着偶像一次次返场，一场相声大会硬是从1月12日说到了13日。最后，在"德云社"经典的《大实话》合唱中，怀抱观众献上的鲜花，郭德纲对不肯散去的观众大声喊："我爱你们！""只要我还说得动相声，我就要一直说下去，一直说到死！"

**郭德纲：** 早些年我唱过两年戏，唱戏很累，要拿说相声跟唱戏比的话，轻松多啦。不用勾脸勒头，不用穿靴子，也不用翻跟头。

**鲁　豫：** 可是你每天这么说，还会有激情吗？

**郭德纲：** 会！我没有别的爱好，相声就是我的工作，我的爱好。我不抽烟不喝酒，也不会跳舞不会唱歌的。

**鲁　豫：**你说相声的时候不是经常唱几句吗？

**郭德纲：**就会那两句应时的，《两只蝴蝶》什么的，如果这歌会引起共鸣就唱一句，你叫我再唱下一句就不会了，只会说相声。这是我唯一的爱好，站台上让别人高兴的同时，我自己也很开心，说再多也不会腻。我从七八岁开始学艺，先学的是评书，十岁的时候学相声，这么算有二十多年了吧。

**鲁　豫：**你有没有计算过，在舞台上的时间加起来一共是多少？总共演过多少场？

**郭德纲：**没算过，我觉着我在台上的时间肯定要比在台下长。

**鲁　豫：**等于你站着的时间比躺着的时间长？

**郭德纲：**你是哪个团的？这么幽默，也是说相声的吧！其实演过多少场自己没概念。说书那阵子，一说一下午，仨小时都在台上，肯定是在台上比台下时间长。

## 他就是一只猩猩。聪明、睿智、灵敏，但是头脑简单，你打它一拳它马上打你一拳

作为一位视相声为生命的演员，郭德纲看不惯一些同行的做法，一向心直口快的他总是毫不避讳地表明自己的态度。

**郭德纲：**其实每一次我本意都不是为了攻击谁。曾经某电视台采

访于谦，说如果把郭德纲比喻成一种动物，你觉得是什么？于谦说，他就是一只猩猩。聪明、睿智、灵敏，但是头脑简单，你打它一拳它马上打你一拳。可能这也是我这个人不太适合干这行的原因所在。我爱相声，我怕它不好。所以，有人对相声怎么样，我心里会不舒服，又拦不住自己这张嘴，难免有的话会得罪人，但归根到底一句话，我希望相声好。

郭德纲对相声的执着与追求打动了很多人，但也有一些人并不理解。在他们眼中，郭德纲是个离经叛道、破坏规矩的人，但是郭德纲说："我们所做的许多事情不过只是回归传统而已。"

**鲁　豫：** 人红了以后就会遇到各种各样的麻烦，比如同行的一些不理解，媒体可能也会有这样那样的意见。现在会遇到很多这样的麻烦吗？

**郭德纲：** 麻烦很正常，人这一辈子就活在这里边。有人夸你的同时就会有人骂你，要说这一辈子一帆风顺，你活不下来。相声前辈张文顺跟我说："你记住了，你这辈子要没几个仇人你活不下来。"人都是这么活下来的，我觉着挺好。要是有一段时间没人骂我，我都觉着纳闷，有什么情况了？我能坚持这十年关键是耳朵根了硬。我有我的准主意，不会被外界所干扰。有人夸我，说郭德纲你是艺术大师，是相声大师、相声艺术家，中国相声靠你了，你拯救了相声。说得我浑身冷得慌。一个行业里，百八十年出一个艺术大师就很了不起了，我怎么能算得上是什么大师呢！不过现在要当艺术家好像也挺简单，名片的印刷控制不严，你愿意说你是什么大师、艺术家，人家都给你印。

**鲁　豫：** 你的名片怎么印的？

**郭德纲：**我到现在都没有名片。

**鲁　豫：**真正有名的牛人都不用名片。

**郭德纲：**那倒不是，印名片挺贵的（笑）。我一般就是撕张纸给人写一个就完了。其实别人夸的时候，我也知道自己没这么大的艺术造诣，就是一个普普通通说相声的。

**鲁　豫：**但是别人骂你你怎么能知道呢？

**郭德纲：**我们中国人才不会当着你的面说“郭德纲我不喜欢你”。张三要骂我不会当着我的面骂，但是李四会告诉我张三骂我了。骂也好，夸也好，我就是一个普通的演员，指望我振兴中国相声是不可能的。有人说“钢丝们恶捧郭德纲”，我百思不得其解，我也不知道谁是“钢丝”谁不是“钢丝”，我拿着东西进后台演出，我也不上台前去，演完了我就走了。我知道看我的都是我的朋友，可能有深浅之分，是观众们自己来衡量的。“恶捧”？到现在也没人恶捧我呀！别人就是夸我好我都能听出骂我来，包括有人骂我是相声界的败类。

**鲁　豫：**为什么？

**郭德纲：**我也不知道，回头问问他们再告诉你（笑）。

**鲁　豫：**败类这两个字是你看到的还是听到的？

**郭德纲：**亲眼看到的。还有的骂，郭德纲把相声带进了死亡之谷，祖师爷在地下会顿足捶胸，无数的观众恨不得吃他的肉喝他的血。这些都是我在网上论坛里看到的。还有文学造诣强的干脆就编上四六八句假唐诗骂我，我看到后很欣慰，真的很欣慰。你说一个人他为了骂我能下这么大功夫，挺不容易的。当然我也知道他骂的不是我郭德纲，我也没有那么坏，就像是夸我的时候，我也知道夸的不是我郭德纲一样，我也没那么好。

**鲁　豫：**你为什么会去看这些评论呢？

**郭德纲：**可乐呀！这多好玩。我要知道夸我的人能把我夸成什么样，骂我的人骂我到什么样。我就想，他是怎么写这东西的？关上门坐在屋里一句句连想带编的，牙都咬出血来了，你不觉得这很可乐吗？哈，真的太可乐了。前两天还有一个记者跟我聊天，问我怎么看别人这么骂你。我说这很正常啊，我现在都靠这活着，我心情压抑了就打开电脑，找人家骂我的帖子看一看，看完我就哈哈一乐。

**鲁　豫：**真的假的？不可能有人喜欢听别人说自己不好吧？

**郭德纲：**真的，我觉得看起来挺痛快的，赶明儿你试试，确实挺可乐的（笑）！

**鲁　豫：**我没你那么大的精神承受能力，我尽量不去看。

**郭德纲：**你不看回头心里也得惦记着，所以看看也挺好。有人骂你，有人夸你，说明有人重视你，不遭人嫉是庸才，这是很重要的一点。不管是骂我还是夸我，我自己心里有杆秤，我知道我是谁，就是一个普通人，一个普通老百姓。这个心态能支持我一直活下去，挺好。

## 我决不欺负人，人欺负我我都让，让来让去你还没完没了，我就给你个厉害的瞧瞧

**鲁　豫：**曾经有个阶段，一个星期有两三次城管或是工商打电话来通知你们不能再演了，现在还有这种情况吗？

**郭德纲：**一般都不是这些部门的人来作祟，都是别有用心的人故意找麻烦。现在倒是没遇见，主要现在谁弄这个谁就是给自己找麻烦。

**鲁　豫：**是你红了以后开始没有的？听说你上台后经常强调自己是“非著名相声演员”，就是为了证明自己的不同吗？

**郭德纲：**差不多这一两年已经没有了。我们坚持至今十来年了，前

七八年是举步维艰，经常有这样那样的障碍。比如我们正在朝阳区某个剧场演出，有人打电话过来：“我们是西城区政协的，命令你们停止演出。”当然他的这个办法很弱智，西城政协怎么管得了朝阳区的剧场呢？这种小儿科的事情他们也干得出来。有的还买通某协会的秘书长之类的人，到我们的剧场说，我们准备把这里包下来搞什么贸易会，以此来阻止我们演出。甚至他们找到剧场，拉拢演员说，不要跟郭德纲一起干，没有出息。这样的事情每周都有个三五回的，你让我说都说不过来，太多了，从来没数过。不过现在想想挺可乐的，那会儿比现在活得还有意思。

**鲁　豫：**现在觉得可乐，当时很害怕吧？

**郭德纲：**没有，从来没有害怕过。光脚的不怕穿鞋的，我有什么可怕的，我什么都不怕。

**鲁　豫：**你现在可不光脚了？

**郭德纲：**我穿上鞋就更不怕了（笑）。我这个人耳朵根子硬，还挺横。我决不欺负人，人欺负我我都让，让来让去实在让不了，我就给你个厉害的瞧瞧。我觉得这也不过分，人活着不能光被人欺负。我这种为人跟人缘不好也有关系。

**鲁　豫：**你的人缘不好？

**郭德纲：**不好，尤其在同行中间。怎么讲呢，可能我爱说点实话，这个没有办法。有的时候在艺术上见解不同，我又很愿意坚持某些东西，比如说对相声理解方面，可能每个演员看法不太一样，我也很难附和人家说一句“对对，您说得都对”。在别处可以迁就，但是在相声上我绝不会迁就。我曾经做影视编剧，人家投资方说这人得死，我就乖乖地把他写死，说这人要娶四个媳妇，我就给他娶四个。

**鲁　豫：**你还做过编剧？你都写过哪些电视剧？

**郭德纲：**没有特别火的电视剧，像《非常档案》《寻人档案》《年轻的雪》《正德皇帝下江南》，这些都是我写的，但也没有轰动天下。

**鲁　豫：**播出的时候是写“编剧郭德纲”吗？还是用笔名？

**郭德纲：**这个不能说，别逮什么打听什么啊（笑），赶明儿我写一个《鲁豫有约》给你们看看。

## 相声就是我的命。可能有人拿它当个手艺，有人拿它当玩意儿，可玩儿可不玩儿；我不行，这就是我的命

天津的曲艺氛围真够“熏”人的。郭德纲七八岁就穿上了长袍，学起了相声，但这些童子功却并没有使他显示出表演天赋。回想起自己当初学艺和打拼的经历，郭德纲多少透露着几分感伤。

**鲁　豫：**七八岁就去学相声了，是你自己的选择还是家人的选择？

**郭德纲：**我自己喜欢。小时候我母亲身体不好，我就跟着父亲上班去。他是个警察，也不能天天带着我，刚好他的管片儿里有一个俱乐部，那会儿总演出，唱戏、相声什么都有，我总跟那儿看，天长日久就喜欢上了。所以我后来一直认为曲艺相声、戏曲之类的，“熏”是很重要的，只要“熏”，每个人都能上瘾。

**鲁　豫：**你小时候淘气吗？

**郭德纲：**不淘，特别老实，挺听话的一个孩子。

**鲁　豫：**蔫坏？

**郭德纲：**也没有，完全是个老实孩子。只是脾气有点拧，到今天也是这样，我要认准的事你很少能够扳动我。

**鲁　豫：**为此挨过打吗?

**郭德纲：**因为拧劲挨过打。我小时候吃东西嘴挺刁，不吃肉只吃菜。家里包饺子，我只吃素馅的，肉的不吃，而且我不吃别人也别想吃，叫我看见包肉馅的也不行。家里包肉馅都要趁着我吃完睡觉了才包，包好怕我看见就搁在立柜最上头，我醒来后不相信，左看右看找到了，不愿意，拿根棍给挑下来。因为这个挨过打，但次数不多，有限的几次。听我妈说我特别小的时候还因为吃药挨过打，药很苦，小孩儿吃药都是杵碎了拿水和完之后搁在碗里用小勺喂着喝，你要不喝就得灌你。我那会儿很聪明，我说给我给我，我喝。家里大人很高兴，觉得孩子懂得喝药了，但我接过来"哗"就给泼了，因为这又挨顿打。其他的好像还真没有，挺听话的。

**鲁　豫：**你小时候说话逗吗?

**郭德纲：**这我就不记得了，估计不会很逗。其实我很内向，包括到今天也是这样。我上了台跟话痨似的，这个那个说起来没完，我下了台挺稳当，在家里也很安静，没什么可说的。有时候我们两口子在家里待着，我媳妇上我屋里瞧见我了，问我：你有什么事儿要跟我说吗?我说没事。那行，那就算了。就是这么挺内向的一个人，不爱说话。

**鲁　豫：**我知道你是个很刻苦的人，从小就很刻苦。

**郭德纲：**那是，我太喜欢这行了。我为了这行抛家舍业地受了这么多年的罪，相声对我来说就是我的命。可能有人拿它当个手艺，剃头啊，修脚啊，包包子，说相声，都算一个手艺；有人拿它当玩意儿，玩会儿就搁下了，可玩儿可不玩儿。对我不行，这就是我的命。

## 不偷不抢不打不骂，把你口袋里的钱自觉自愿地送我口袋里，你说这能耐还小吗？

**鲁　豫：**还记得第一次登台说相声吗？

**郭德纲：**记得。小时候在公园里经常有消夏晚会，是一种半玩儿性质的演出，有一次在天津一个公园里边演，和我当时的小搭档一起，说的是《五行诗》。那是一个传统节目，也是我开蒙的作品，别人演的时候观众很配合，挺好使的。所谓好使就是有反应，哈哈乐。可到我演的时候就不好使了。我上去之后几乎没什么人笑，但是靠我右手边有一个挺胖的人，戴个宽边眼镜，坐在轮椅上，一直看着我笑，给了我很大的鼓励。我这一场基本就看着他一人说了。我说他就笑，不可笑他也笑，他支持着我说下这一整场来。直到今天我都记着那个人的模样，四方大脸，挺胖的，宽边眼镜小寸头，穿着白衬衣，可能腿有毛病，坐在轮椅上。我曾经跟别人提到过他，他对我少年时期的演出起到很大作用，我认为他在支持着我。这么多年过去了，我希望他很健康很快乐。

**鲁　豫：**这是你的第一个“钢丝”。当时你在天津说相声出名了吗？

**郭德纲：**没人知道我，根本不灵。我觉得自己稍微开点窍也都20多岁以后了，干我们这行太难了，比什么都难，说相声就是高科技。京剧、武术、舞蹈，这些都是有章可循的，只要天赋差不多，又能下功夫，就会有成绩。唯独说相声，可能学了八年才知道你干不了这个，但是这之前你不知道。一千个孩子一块儿学相声，最后有一个留下来，其余九百九十九个都算白给他垫，就残酷到这种程度，成才率非常低。有时候可能外人不理解，觉得这个东西很简单嘛。对，它最简单，比什么都简单，你看我今儿说穿大褂就穿大褂了，没大褂我也照样能说相声；有桌子我说，没这桌子我也说，带着嘴出来就算可以了。可是你想一个道理，拿旧社会在天桥来说，一个人站在街上说相声，旁边有练武术的，光着膀子十冬腊月拿大铁棍子大刀往自己身上剁，就为让你看点东西；还有那唱戏的大姑娘小媳妇搽胭脂抹粉儿地在那儿唱，后台乐队敲鼓拉弦的好几十人。唯独我们，什么都不给你，就自己一个人。观众都会说话，在你会说话的前提下还能掏钱听我说话，这就很神奇了。不偷不抢不打不骂，把你口袋里的钱自觉自愿地送我口袋里，你说这能耐还小吗？所以说这东西其实很难的，差一个字观众就不乐，少一个字也不乐。

**鲁　豫：**你在天津那会儿觉得很痛苦吗？

**郭德纲：**我很爱这行，但是那段时间真得太难了。不开窍，不明白，为什么人家说就可乐，我说就不可乐呢？其实就是没明白。

**鲁　豫：**那时候工作环境愉快吗？

**郭德纲：**不是很愉快。

**鲁　豫：**那时候群众关系已经不好了吗？

**郭德纲：**种种原因吧，群众关系那会儿倒没有，我也没有值得让人骂的地儿。水平也差，包括生活环境、事业，方方面面都不是很顺，那时候觉得天总是阴的。

**鲁　豫：**不顺是个什么概念？没有演出的机会？

**郭德纲：**演出也有，演出慰问什么的。去哪个村儿演出，也不给钱，还告诉你，你看，又给你个锻炼的机会啊！这个机会给了我好多年。挣钱的事儿都是别人去，录像也轮不着你，那段时间确实想过，要不干点儿别的吧？

**鲁　豫：**你现在理性地去想，是因为自己那时候还没有显示出才能，还是别人没有给你机会，甚至故意不给你机会？

**郭德纲：**种种原因都有。那会儿要说艺术水平根本谈不到，确实自己水平太低，何止是低，简直是太次了，这是一点。另外一方面工作环境不是很舒心，人与人之间勾心斗角，那会儿也小，不知道怎么去反击，人家抽你，就把脸递过去。

**鲁　豫：**有这么严重吗？

**郭德纲：**你没干过这行不了解。真的，在天津曲艺团的那段时间，是我战战兢兢的一段经历。那里名家辈出，高人林立，一个小孩的生存是很困难的。记忆中某年冬天，我穿了一件大衣，上楼后便脱了它，下楼时为了方便，又把大衣披在身上，我一个朋友马上提醒我："快穿上，省得让人说你放份儿！"一件衣服尚且如此，何况其他？那会我俩随团演出基本上是开场和慰问，开不完的场，慰不完的问。到处看人脸色行事，生怕别人不高兴，唉，人活着真难。

**鲁　豫：**那时候你都演什么角儿？

**郭德纲：**哪有什么角儿，叫你演什么就得演什么。我曾经有两年找老先生学艺，唱过一年半的评剧，唱过半年的河北梆子。我也一直在想，下一步干嘛去呢？说相声？感觉那会儿没什么希望；说书不行，唱戏也不挣钱，净跟着跑"联外"了，所谓跑联外就是指到各县各村唱庙会。比如某个村的村长，他舅姥姥过生日，请剧团去演出，连敲锣的、打鼓的、唱角儿的，跑龙套的都搁一块儿可能好儿十人，这出戏可能给三百块钱，多的五百块钱，都住在老乡家里，这家住四个，那家住六个。有一次我们到河北文安县一个村里去唱戏，村里的水含碱太多，特滑。化妆的时候勾完脸拿水去洗，怎么都洗不干净。剧团又小，刚扮完老生，又要去演小花脸，再化妆再洗。一天来来回回洗个七八次，到晚上脸又红又肿，隔天不等这脸恢复好还得画还得勾，挺难受的。当时上场一唱老乡们一鼓掌，好，本子上给你记上，这人多加五毛钱。其实到今天，我依然很感谢那段时间。我学唱戏的时候有一个私心，有朝一日我还能说相声的时候，我把这些东西都用到我的相声里面去。后来好多地方都应验了，当初想的也都用上了。

## 北风也有转南时，瓦片儿尚有翻身日，惨的时候，心反倒能踏实下来

1995年，郭德纲在天津的工作和生活遇到了挫折，用他自己的话说是“步步血泪”。这一段往事终于让郭德纲下定决心离开，到北京寻找新的生活。

**郭德纲：** 当时来北京的目的很急功近利，我承认这一点。干嘛来呢？没别的想法，说白了就是想挣大钱。年纪小嘛，就是想出名，想当个大腕儿，做一个笑星。我也要一场挣多少万，走在街上到处都有人来找我签名，那是我一种幸福的憧憬。

**鲁　豫：** 还记得到北京是哪年哪月哪号吗？

**郭德纲：** 那时候我已经是第三次到北京了，最终决定在北京闯荡是在1995年。

**鲁　豫：** 有没有一种感觉：北京我来了，我要征服你？

**郭德纲：** 没有。在这之前已经来过两次了。1988年来过一次，待了一年多，因为种种原因又回去了。第二次来可能是1994年底，也是想干点什么去，万一在北京就成了呢？那次只待了几天，住在大栅栏的一个小旅馆里头。住了几天之后，我琢磨，这不行啊，这样下去也不是个事儿啊，准备得太不充分了，又回去了。

年少气盛的郭德纲满怀着希望来到了北京，觉得自己学了这么多年，也该到出人头地的时候了，然而现实却远非他想象得那么简单。在几次头破血流的碰壁之后，他才渐渐认识到这个圈子一些所谓的规矩。

**鲁　豫：**你来北京时带了多少钱？

**郭德纲：**带了几千块钱吧，因为那时候在天津实在没什么可做的了。当时来北京也是急功近利，想着哪个团要了我了，或者哪个大腕儿能看上我，我就能跟着人一起演出了；或者某个晚会一不留神让我钻进去了，保不齐多长时间我就红了。但是来了以后发现根本就不是这么回事。

**鲁　豫：**刚来北京的时候都投奔谁了吗？

**郭德纲：**不告诉你，这要说出来就太伤人了，反正我找过的人很多，没人接着我，但现在我们都是好朋友了。

**鲁　豫：**在北京四处找人、找地方演出，岂不是很长一段时间都没有收入？生活上困难吗？这样的时间大概有多长？

**郭德纲：**刚来的时候几乎有一年的时间没正式挣过钱，只是偶尔挣点小钱，那时候住在青塔，知道吗？

**鲁　豫：**不知道。

**郭德纲：**你们有熟悉北京地理的主持人吗（笑）？青塔就在五棵松那边，靠着地铁近，地铁两三块钱便宜嘛，所以就住那儿。其实也挺远了，靠河边有一排小平房，我住其中一间，房没多大，只能放下一张床，一把椅子，如此而已。我那会儿写东西都是一马扎坐在床边趴那儿写，最大的幸福就是想有一桌子。从那之后我还住过好多地儿，像海淀黄庄、通州、大兴黄村，都住过，反正哪儿便宜往哪儿搬。

**鲁　豫：**最便宜的房租是多少？

**郭德纲：**可能就是青塔那边，一个月一百五。

**鲁　豫：**有交不出房租的时候吗？

**郭德纲：**经常的事，有一阵我住在通州北杨洼那边的一个小区，交不起房钱，每月快到月底交房租的时候我就夜夜睡不踏实，人家来了怎么办呢？真没钱交呀，不敢出门。有一次房东在外面咣咣地砸门，连踢门加骂街，我就是不敢出来，躲屋里不吭声，听着房东在外面都快把门踹碎了，我都替他疼得慌，那可是他的门啊（笑）。

**鲁　豫：**就是不出声？假装不在家？

**郭德纲：**开门你跟人说什么啊？不是不给，是真没有，拿不出钱来。白天还不能出去，晚上再偷偷溜出去买点儿吃的，出去还不能走大门，看大门那老头帮我租的这房子，人家见到了问你房钱怎么回事你说不出来，只好夜深人静的时候从小墙头翻出去，仗着以前唱戏会翻跟头呗。反正多丢脸的事儿当初都干过。

**鲁　豫：**你每天都吃什么？

**郭德纲：**很惨。最惨的时候买点面，拿水煮了，煮成糨子，买点葱，买点酱，就着吃。你还别说，人越没钱的时候食欲越是旺盛（笑）。

**鲁　豫：**还好，你不吃肉。

**郭德纲：**那倒是。有一次饿得不行了，身上没钱，怎么办呢？闲着没事多喝水吧，然后就看书，想转移一下注意力，书名忘了，一看书上介绍一家穷人出去要饭，要了一大堆熬白菜什么的，他们拿剩米饭烩……哎呀，我把书"啪"就扔了，太难受了！那个时期这种事儿很多，经常兜里没有一分钱。记得我特别窘迫的时候进了一个小评剧团，老板说一个月给一千块钱，可是唱了两个月，一分钱也没给。我想，要是扭头走了，这两个月就白唱了。我就坚持着，自行车胎扎了都舍不得补，坐公共汽车也要算好了怎么能省五毛钱。有一天晚上夜戏散了，木樨园没车了，只能往回走，一直从蒲黄榆走到我住的黄村，到家已经凌晨四点了。那会儿正赶上修京开高速，玉泉营堆了好多土山，非常难走，到了西红门桥那儿我的眼泪再也忍不住了，边走边哭，可我发现到家的时候身轻如燕，原来轻功就是这么练的啊！

**鲁　豫：**这中间你就没想过要回家吗？回天津，不干了。

**郭德纲：**人在外报喜不报忧，都愿意混好了，而且回去我能做什么呢？

**鲁　豫：**好歹不会被人堵在房子里面要房钱吧？

**郭德纲：**越惨的时候，心反倒能踏实下来。北风也有转南时，瓦片儿尚有翻身日，何况我郭德纲啊！咬牙坚持住，今天回头看看，这坚持是对的。

**鲁　豫：**最难的时候持续了多久？

**郭德纲：**一年左右。那时候没辙就到处给人唱戏去，或者是找点儿什么事儿干。1996年的时候，有天我路过南城的一个茶馆，不是那种喝碗茶花三千的地儿，是普通的老北京茶馆，八仙桌、长条凳，一壶茶十块钱。我看着一帮孩子跟茶馆里说相声玩儿，大的十五六岁，小的十三四岁。我坐在那儿要了壶茶，一边看一边感慨。我就是奔着这个来北京的，打小学得也是这个，现如今因为相声我困在北京了，看见他们说相声心里挺不是滋味。后来总去总去就熟了，熟了就聊天，三说五说他们知道我也是说相声的。“那您票一段吧？”意思就是你也说一段玩玩呗。说就说吧，我说了一段，结果打那起就一发不可收

拾，总得去。其实那个茶馆也不挣钱，它在墙上贴张纸：听相声听评书两块钱一位！那段时间对我把相声带回剧场起到了决定性的作用。当时很多人都在说，你们相声算完了，不好听，不可乐！还有的观众口冷，说你们台上的演员还不如我呢！咱坐家里打开电视一看，是有这个现象，自己都不爱看了。可是没想到在茶馆里说相声反而很火爆，观众特别喜欢，而且年轻人居多。短短几个月，那个茶馆竟然因为我们说相声卖了满座。能坐八十人到一百人，后来连柜台上都是人，我就开始寻思，这相声没死啊！还有人听啊！而且也不都是老先生，要来的全都是一帮九十多岁的，他可能是复古，可能是怀旧，但不是啊，很多都是白领和大学生，有身份，有知识，他们能听说明我们相声没错。想来想去，毛病肯定在演员身上了。

**鲁　豫：**你也算是走了一圈儿又回到了原点，还是觉得自己不能放弃相声，我就是为这个来的。

**郭德纲：**渐渐结交了一群喜爱相声的朋友，可谓志同道合，后来才有了德云社。

## 好多剧场都有这个毛病，习惯于大爷式的买卖，等着坐地收钱

在经历了一段段心酸的尝试后，郭德纲终于鼓起勇气走上了自己的道路。1996年，他和几位同样热爱相声的朋友搭起班子，取名为“北京相声大会”，开始在剧场里说相声。此时的郭德纲所追求的东西已经与刚到北京的时候完全不同了。

**郭德纲：**刚开始主要是着急没有人，我是愿意干这行，可是也得找别

人跟我一起干。这是个不挣钱的事，谁愿意跟我一块干？有人来了两天又走了，有人因为不挣钱半途退缩了；铁打的营盘流水的兵，走了穿红的来挂绿的，还是有人坚持下来了。

**鲁　豫：**听说最开始每个月赔几千块钱是很正常的事。

**郭德纲：**对，在广德楼演出的时候，一个月赔八九千跟玩似的。当时观众不多，可是场地要钱，请演员要钱，包括天津一些演员来回的路费和演出费用。虽然我坚信相声在剧场里能活得很好，但的确碰到很多实际问题，尤其北京的观众朋友那会儿已经不习惯到剧场听相声了。比如在广德楼演出，一下午可能就卖出去四张票、六张票，有时候只卖出一张票。

**鲁　豫：**真的只对着一个观众说啊？

**郭德纲：**这是真事儿。我们当时有个规定，即使只有一个人来看，也得演。今天你拒绝了这一个人，日后你损失的就不是一个观众了。那天就来了这么一位，前台也问我，后台也问我，开吗？演不演？我说演吧！开场的演员叫邢文昭，一位说单口相声的老先生。台上一位，台下一位，说着说着台下那位的手机还响了，台上就停下来看着他，台底下这位观众也不好意思，赶紧说“对不起呀，一会儿就完”。后来我一上场就跟他说，你得好好地听，上厕所必须得打招呼，今天你要表现得好一点，要不然待会儿打起来关上门你跑不了，我们后台比你人多（笑）。这样一说他乐了，我们后台的演员也都乐了。现在听起来很可笑，其实很辛酸，一后台的人为前边一个人服务，很难受的。从一个人到五个人到八个人，很长一段时间都没有卖过满座，好像顶峰时期也就卖到一百人，就已经兴奋得不得了，很高兴。更多时候就是没人听，等到下午场演出结束了，前台跟我们分账，三七分或者四六分，钱还不够大伙儿吃盒饭的，我就拿出钱来添上给大伙儿吃饭，都吃饱了没事儿了，就上门口打着板儿请观众。

**鲁　豫：**怎么请？拉吗？

**郭德纲：**不拉人，是“请人”。我们都拿着板儿，有铜板，有竹板，拿着各式各样的板儿站到广德楼门口大栅栏上吆喝：“听相声啊！快进来呀！”有的时候外边天气不好就能多叫进几个来，反正进来暖和暖和呗，喝喝茶顺便听听相声。那段时间挺不容易的。

**鲁　豫：**你那会儿哪有钱往里掏呢？

**郭德纲：**我做相声十年了，这十年里我们也不得不去找点儿别的工作来做着。回头砰砰一敲门，你得交电钱水钱煤气钱，你得吃饭，得买菜去，这个钱从哪儿来？相声那边一个月还赔着好几千呢，我必须得干点儿别的。我做编剧，写电视剧，后来做电视节目，甚至包括做图书，做光盘出版，想尽一切办法活得好一点。我和于谦都有自己的文化公司，用公司那些收入支持着相声，这才走到了今天。

**鲁　豫：**你们俩现在都是大老板吧？

**郭德纲：**你看出来了（整理一下衣领，笑）。开玩笑，是小老板。于谦是大老板，很有钱，以后借钱的事儿跟他说。反正其他地方挣的钱往相声这边投，所以还有人说我们是为了名利，纯属胡说。

**鲁　豫：**到什么时候开始有起色了？

**郭德纲：**到2003年，日子就好过点了，但还是有问题。比如我们包了某个剧场，演了半年，一直都是赔钱，刚有点起色，观众也开始增多了，剧场一瞧，好家伙，能卖一百多人了，那不能按原来三七分账了，要五五分，答应呗，还能怎么办？不答应人家就不叫你演。再后来五五也不合适了，要求倒二八分账，他拿八，这就没法干了。结果你好不容易在这家剧场熬出点人气来，一离开，原来的观众也没有了。我们现在好多剧场都有这个毛病，很不好，他已经不习惯参与经营了。

要他跟你一起努力合作挣钱然后两家分，他不认同，他习惯于大爷式的买卖，等着坐地收钱，你的死活他根本不管。正是这种错误的理念把大部分剧场带进了死胡同。这么多年来就是因为这些耽误了很多事情，一直到2004年的时候剧场才相对固定。我们在华声天桥演了将近半年，那边观众也不少，很多朋友也算是固定下来了。后来到天桥乐茶园演了差不多一年半，因为时间长，当初在广德楼的观众，中和的观众，甚至最早在茶馆的观众，也都陆陆续续通过种种渠道知道我们最后在天桥乐茶园这边，赶过来捧场了，这才有了今天的样子。

## 严格说起来那不像一段相声，倒像是一个演讲，我看到大部分观众都在流泪

有人说了：“抛弃传统相声，这就值左右开弓一千四百个大嘴巴！”（观众笑声）真的。（观众鼓掌）

有相声大腕儿说过：“我们宁要不完善的新，也不要完善的旧。”这是糊涂。无知者无畏。

由打清末到现在一百多年，这么多老先生把中国语言里边能够构成包袱笑料的技巧都提炼出来摆在这了，你无论说什么笑话，这里边能给你找出来，你用的是这个方法，你用的是那个方法。

有现成的你不用，你非得抛开了，单凭你一个人，你干得过一百多年这么些老前辈的智慧吗？你没有这么大的能耐！

好比说厨师炒菜，你可以发明新的菜，但最起码你得知道什么叫炒勺哪个叫漏勺，你拿着痰桶炒菜说是革新，那他娘的谁敢吃啊？（观众笑声/喝彩/掌声）

这样一批无知的相声演员，无能的艺术家们，应该对今天相声尴尬的处境负最大的责任！不是我咬牙切齿声嘶力竭，我愿意相声好！

《茶馆》里有这么句话："我爱大清国，我怕他完了！"我同样用这句话：我爱相声，我怕他完了！——我爱他，谁爱我啊？（观众喝彩/鼓掌）

郭德纲很犀利，很煽情，当然，也很真诚。

真诚是感人的，是可以赢得尊敬的。郭德纲高举"传统"的大旗，身披"非著名相声演员"的铠甲，以生命不息冲锋不止的旺盛斗志，向中国的主流相声界提出了挑战。这个看似草根的人物，以一种反主流、反权威的姿态，把自己塑造成一个源自传统的、来自民间的"正宗相声"监护人，从而获得了巨大的成功。

**鲁　豫：**还记得把观众们说哭的那段相声吗？

**郭德纲：**这你也知道？

说起那次演出真是历历在目啊！2005年的10月5号，我们纪念相声开山祖"穷不怕"朱绍文先生诞辰176周年，是他把相声系统地归拢起来的。现如今中国相声演员排辈分也都是从朱先生那顺下来的，他是我们大家的祖师爷，但是从来没有人搞过纪念他的活动。2005年的时候我们有了一个想法。那天我们也演了很多平时不演的节目，其中有一段就是我和张文顺先生合说的《论相声五十年之现状》。严格说起来，那不像一段相声，倒像是一个演讲，其中也记述了我们这十年来的风雨历程。另外，我这个人脾气也直，在这个相声里说了一些话，比如相声界为什么不景气，相声为什么不好听之类的，都是很得罪人的话，当时台下有很多已经跟着我们听了至少有六七年的观众，他们能够理解我那种心情。

**鲁　豫：** 是你先潸然泪下的吗？

**郭德纲：** 我在台上没哭，底下观众哭了。我站在台上看不到很远，但是我看到前三排大部分观众都在流泪。后台像于谦师哥、高峰等，很多演员都哭了。当天晚上我上网去看，看到很多网友留言说，这段相声让他们痛哭失声。我有一个朋友，也是我的老观众，前段时间他出差去澳大利亚，在澳大利亚的街上戴着耳机听MP3里这段相声，结果在异国他乡又哭了一回。

**鲁　豫：** 所以这段相声对“钢丝”们来说煽动力很强。我的MP3里也有这段。

**郭德纲：** 那你哭了吗？

**鲁　豫：** 我一听你相声就乐。

**郭德纲：** 还是听得少（笑）。

剧场演出的环境给了郭德纲更多的考验和历练，相对于一些主流相声演员很在乎的评级、评奖而言，郭德纲自己的标语是：严禁包袱不响。如果今天台下的观众不笑，那很可能明天就没有饭吃了。

**鲁　豫：** 有一张写有藏头诗的纸，是你的“钢丝”写给你的——赞人民艺术家郭德纲。

**郭德纲：** 哎哟，这我可不敢当。

**鲁　豫：** 苦尽铁杵绣花针，甘来奉献为人民。德高望重艺双收，"纲"直诙谐咏春秋。今日相聚喜不休，后来作品往外流。更上一层顺民意，好字飘香满枝头。

**郭德纲：** 我听出来了，这是说"苦尽甘来，德纲今后更好"。真是谢谢这些"钢丝"们（起身鞠躬）。

**鲁　豫：** 还有一副对联，上联是"为责任为艺术为百姓"，下联是"德云社得民心得天下"，横批是"有辛有甘"。

**郭德纲：** 多亏他们一直支持我，我才能走到今天。

如今的"德云社"已经是一个拥有不少成员的大家庭，随着演出任务的不断增加，大家也马不停蹄地忙活了起来。"当然，对演员而言，有演出、有观众自然是越多越高兴了。"每当想起这些追随他多年的同行和弟子，郭德纲就会感到欣慰。和郭德纲搭档已经四年多的于谦1982年就考取了北京市戏曲学校相声班学艺，功底深厚。能够找到这样一位好搭档，正应了郭德纲的一句老话："我很欣慰呀！"

**郭德纲：** 十年走过来了，一直是大伙陪着我、扶持着我，这十年我连累大家，拖累他们吃了这么多的苦，到今天终于喘一口大气了，我要发自内心说一声"谢谢老少爷们"！

曾经有一段时间人们以为相声和小品已经穷途末路了，没什么意思了。幸运的是中国还有这样一群视相声为生命的人。

# 吴宗宪

## 笑比哭难

## 人物小传　吴宗宪　1962年生于台湾台南市

台湾著名节目主持人、歌手、演员，高居台湾主持人收入榜首，与张菲、胡瓜、张小燕被称为“三王一后”。其反应快速与机智灵活程度在台湾演艺界堪称一流，形成独特的吴氏搞笑风格，由于调侃时不乏流行的网路用语让其在年轻观众中颇受欢迎。2006、2007年入围金钟奖最佳主持人，2008年获得该奖项。

## 我父母亲都是很活泼的家长，总是用活泼快乐的心情面对人生

“我在乎这个奖是从刚刚宣布这个名字时开始的。太重要了！身为一个艺人，没有得一座金钟奖，像话吗？”

2008年10月31日，吴宗宪终于捧回了第43届台湾金钟奖最佳娱乐综艺节目主持人奖。虽然在很多人的眼中，吴宗宪早已贵为主持界天王，但这个奖项无疑是对他天王地位的专业性肯定。

**鲁　豫：**恭喜宪哥，金钟奖很厉害！激动吗？

**吴宗宪：**也还好，我在这个行业大概有27年时间了，能得奖当然还不错啦，但是那份激动要放在心里面，不能把它表现出来。

**鲁　豫：**听人说你都哭了呢？

**吴宗宪：**眼中含着泪珠，也只能这样。其实我预期自己很可能是一辈子都不得奖的人。作为一个主持人，得奖的那一刻对我来讲好像是多余的、额外的，但要说不在意吗？当然在意。同一件事情做了那么多

年，要说不在乎得奖肯定是骗人的，很希望能得奖，但是我坐在台底下已经把准备上去领奖的心情归到零了。当台上宣布谁得奖的时候我们正在下面聊天呢，忽然说得奖了，只觉得好吧，谢谢，这是一个多出来的奖项，然后就上去领奖。在台湾要得一个主持人奖是很困难的，一路上有很多艺人朋友纷纷道贺，我一边走一边看那些面孔，忽然发觉原来到台上这短短十几米其实是很长的一条路，我走了很久。

**鲁　豫：**你后来把奖放哪儿了？

**吴宗宪：**放在我办公桌的右边。好啦，我承认，我还在底下打了一个灯（笑），说不在意还是有点在意的。我的工厂生产全世界第一的LED，所以我就弄了一个LED，从底下打了一个光上来，一时间觉得那个奖杯金碧辉煌，哈。

“爸爸跟我讲，（长时间的停顿、哽咽）他说，什么时候都可以离开演艺圈，就是现在不可以，要不然我就是一个永远的输家。我听他的话，我还在撑下去！”2000年，吴宗宪在举办的唯一一场个人演唱会上，对父亲如是独白。一直以来，家庭观念对吴宗宪的演艺之路有着最为深刻的影响。

1962年9月26日，吴宗宪出生于一个五口之家，排行老幺的他从小就与哥哥姐姐乖巧的性格截然不同：调皮好动、问题多多。

**鲁　豫：**你说话是一直就很逗，还是后天训练的？

**吴宗宪：**主要是家庭环境很逗，我父母都是很活泼的家长，现在不知道是不是年纪大了，没以前活泼了。比如过去他们坐在沙发上看电视，我回家了，叫半天没人理，我说明天学校就要交钱了！还是没人理。我说你们两个怎么这样，你们不负责任总该付点钱吧！这时候我爸就会转过头来跟我说："你说什么啊，我们两个是避孕失败才生下你的！"

**鲁　豫：**这是你爸对你说的？

**吴宗宪：**对，他们很逗，总是用活泼快乐的心情面对人生。老爸跟我讲"rolling stone get no moss"，滚石不生苔，转业不聚财，应该在同一个行业里面不转行。老爸觉得我应该跟他一样去做玻璃生意，他是台湾第一代做强化玻璃的，我妈妈是做五金的，一个做五金的和一个做玻璃的结了婚，等于是职场恋情嘛，哈哈，最后生了一个完全跟此无关的孩子。我的确对那些东西没有太大兴趣，我那时候还在念台湾艺术大学。

## 父母应该给孩子更多表现个性的机会，而不是给他一个模子

**鲁　豫：**我一直没有搞清楚你上过多少学，我看资料高中你就上过五个？为什么要上那么多呢？

**吴宗宪：**因为学校不允许我毕业，觉得我很讨厌，我也觉得自己在课堂里面像一个被禁锢的灵魂，我根本不适合学校。

**鲁　豫：**如果按照惯常的标准，你属于问题学生吧？

**吴宗宪：**很大问题的学生。

**鲁　豫：**上课也不听讲，平时也不做作业。

**吴宗宪：**对，没错，但我一路上都当班长。

**鲁　豫：**你当班长？你课都不好好上怎么能当班长呢？

**吴宗宪：**我可以带领大家翘课，带他们去谋福利啊。以前有一个学校，老师永远给我们自修课，所谓自修就代表他不来。老师都不在我们干嘛要在？于是我就带领大家翻墙出去玩儿。学校有面墙旁边有洞，钻出去就自由了，全班每个人都去，玩到差不多，时间到了，我就带领大家回来，真是快乐的日子啊！

**鲁　豫：**学校不管你吗？你爸妈也挺好的，允许你自由成长，你要转学就转学，你说不上课就不上了？

**吴宗宪：**没有，转学是学校逼我们转的哈。其实我会给为人父母的一个很好的启发，行行出状元，不要去框定你的孩子应该做什么。

**鲁　豫：**那是现在你做成了，如果放在当初你爸妈也未必能接受吧？

**吴宗宪：**我哥哥是一个很孝顺的小孩儿。我们家两个极端，哥哥非常听话，我完全是“马耳东风”，爸妈的话一边耳朵进一边耳朵出，不理会他们。我哥哥的成绩从小学到大学一直很好，最后还念了double master（双硕士学位）。但是这么会念书，最后去教书了，也还不错，不能说教书是不好的行业，但是如果数字会说话的话，就真的不算太好了。

**鲁　豫：**你这么说太气人了（笑）。

**吴宗宪：**还好。我哥哥不会看到这段访问哈（笑）。我想说的是我哥哥是很孝顺的孩子，而我也做到了孝顺。我承认我很不听话。我爸妈的观念就是“万般皆下品，唯有读书高”，但我就是不爱念书。可我也做到了让他们光耀门楣。他们每次到外面去跟朋友聊天，都会说，那个吴宗宪啊，就是我们的儿子啦！他们会觉得脸上有光。我还没听谁说我儿子教书教得多好啊！这个世界上永远只有状元学生，不会有状元老师的。所以为人父母应该给孩子更多表现个性的机会，而不是给他一个模子，我要你当什么你就是一个什么。

**鲁　豫：**你很小就明白自己长大以后就是要做这一行吗？

**吴宗宪：**我十七八岁就离家到台北了，算是一半漂，一半念书。为了要养活自己就去唱民歌。

**鲁　豫：**爸妈没有给你生活费？

**吴宗宪：**没有。我爸觉得我并没有完成他的愿望，但生活费妈妈偶尔会偷给一点。

**鲁　豫：**你爸不会说你走了就别回这个家，就此断绝父子关系吧？

**吴宗宪：**我真的没回去，不过后来他们到台北来了（笑）。

**鲁　豫：**当时真的说过那样的话吗？

**吴宗宪：**有，他觉得我当艺人是很低等的，都是下九流。我印象中他常说所谓下九流就是一流戏子，二流推，三流王八，四流龟，五剃头，六擦背，七娼八盗九吹灰，我们都算是戏子嘛。

**鲁　豫：**那一代人的确会有这样的想法。

**吴宗宪：**后来我就跟他讲，里根都当总统了。他说，问题你不是里根啊！

## 人什么样都无所谓，关键就是要自信一点

大大的城市里我只有小小的梦
有那么点空洞，但却带领我升空
失败改变不了心里勇往直前的念头
不管你相不相信，我对自己有把握
别人的眼光里，或许我并不起眼
不论你怎么做，总是有人有意见

我知道梦和现实之间有很大的不同
只要是尽了力，就是对得起自己
今天的一切或许只是轨迹
我的伟大只能感动自己
无数的生活堆积出生命
我会努力让生命有意义
我没有理由永远垂头丧气
或许你并不懂我的逻辑
三分的尊严和七分的努力
总有那么一天明日英雄就是你

这首亲自创作演唱的《明日英雄》是吴宗宪多年钟爱的曲目，也是他主演的电视剧的主题曲。游走于歌词与现实间的是吴宗宪北上打拼的岁月。

1980年，吴宗宪从家乡台南辍学到台北寻求发展，那时的他并没有清晰的人生目标。

**鲁　豫：**你刚到台北时住哪儿呢？

**吴宗宪：**为了考上台湾大学，我住在台大对面一个很烂的学生公寓里，三十几坪，隔了大概有六七间，我就在一个很小的空间里面住着，一个床位和一个书桌。

**鲁　豫：**你根本不想上学为什么还要考台大呢？

**吴宗宪：**没有办法，那时候我才19岁，那么大的孩子心里没有设定太大的目标，并不会想当歌星或者干嘛，只是想在这儿找一找机会。我觉得自己至少还能唱歌，但问题是没有太多个性，所谓的personality。

**鲁　豫：**在此之前你在哪儿唱过歌？

**吴宗宪：**民歌餐厅、学校的舞台都唱过。台北有很多唱民谣的，反正就是自己弹着吉他那么唱。我高中是吉他社社长嘛，一把琴养活一个人，行行出状元。

**鲁　豫：**你当时觉得靠唱歌可以养活自己吗？

**吴宗宪：**只能说让自己可以过日子。唱《乡间小路》啊、《外婆的澎湖湾》《橄榄树》之类的。

**鲁　豫：**你还唱这么老的歌呢？当时要穿那种特别闪亮的衣服吗？

**吴宗宪：**不用，就拿一个吉他，自己一边弹一边唱，民歌手和歌星是不一样的。你知道民歌手跟歌星最大的差别是什么吗？长的丑的歌星就叫民歌手（笑）。你告诉我哪一个民歌手是漂亮的？

**鲁　豫：**谁算民歌手呢？

**吴宗宪：**比如说蔡琴（笑），其实她还算不错的，希望她不要看到这个访问（笑）。还有很多，像包美圣、叶家修、王梦麟都算，唱“阿美阿美”那个。其实就是比较随性，几乎都是牛仔裤，T恤，打扮比较自然简单，比较不修边幅，来自校园，比较学院派，这就叫民歌手。

**鲁　豫：**你那时候是长头发吗？

**吴宗宪：**我曾经头发留到腰，像迪克牛仔那种。我有一头很漂亮的秀发，加上我的五官也算比较深邃（笑）。你别笑，你看，人什么样都无所谓，关键就是要自信一点，我就充满了自信。我的浴室很大，有时候我洗澡照镜子要照很久，对着镜子心里还会发出疑问：你怎么可以看起来这么舒服（笑）？

**鲁　豫：** 周围的人全都在笑了。

**吴宗宪：** 这是实在话，虽然这样挺孤芳自赏的，但也蛮快乐的，如果你问我对自己人生的满意度是多少，我觉得应该是200%。

**鲁　豫：** 你这种性格真是很好。

**吴宗宪：** 不快乐也是一种快乐。

**鲁　豫：** 当时唱餐厅一晚能挣多少钱?

**吴宗宪：** 很少，一晚上250块台币，我最多一晚上唱六七场，那时候有一个歌单供客人点歌。

**鲁　豫：** 如果点的你不会怎么办?

**吴宗宪：** 这是你吃饭的本事，肯定都要会，不会也要学会。

**鲁　豫：** 会不会一首歌唱一晚上被点了好多遍?

**吴宗宪：** 有过这种情况，有一次我发现一个客人怎么这么喜欢听《Yesterday》呢，我唱完一遍他又点一遍，我再唱，结束没一会儿又点，第三次唱完还点，我就气了，这人有毛病吧？我都唱了两三遍了。我看他们有点来者不善，问了一句："你为什么特别喜欢听这首歌呢？"结果对方也很急，说不是这首歌啦！不是？我唱了三遍了，不是？对方说是《Yesterday once more》啊！"every sha la la la"那首，我还以为是"when I was young I listen to the radio"那首《Yesterday》呢！真是害苦我了！哈，你会不会觉得我这个笑话很冷啊（笑）？普通吧。

**老爸给我留了一句话："人因为梦想而伟大！" 这下我睡不着了，我这个梦有那么伟大吗？ 我真的要去实现这个梦吗？**

**鲁　豫：**你当时有没有想过可能一辈子就这样在餐厅里面唱歌了？

**吴宗宪：**不红的话可能一直这样了。我慢慢发觉这也是一个方向，毕竟自己唱歌还不错。后来有一个老师出现了，是位制作人，他到民歌餐厅来找我，把我介绍给一个唱片公司的老板，说“有一个叫吴宗宪的，歌唱得很好，但是人长得不好看”。后来见我的时候，唱片公司的经理说不会啊！歌唱得很好听啊！人也长得蛮帅啊！我心想，真奇怪，他们为什么会觉得我帅呢？后来才知道他们在我之前刚签了一个叫黄舒骏的，连黄舒骏都可以签那我应该算帅的吧（笑）！

**鲁　豫：**黄舒骏也不难看啊！

**吴宗宪：**但我跟他比算比较帅的嘛（笑）！所以我可以出个人专辑还要谢谢他呢。后来那个经理说我可以试试录自己的唱片，已经是很多年以后了，那时候我已经当完兵到证券公司上班了。那一年台湾股票是12000点，我因为做证券，赚了一些钱。以前的产品很少，我的头脑也还不错，可以记下200多只，不像现在，1300多只的股票你完全没办法控制它。就在那时候，那个经理跟我说“你可以发片了”。我说真的吗？他说你自己决定吧。后来我打电话跟我爸说了，他反问我：“你唱了那么多年的民歌，不是一直梦想着要出唱片吗？”我说是啊，不过现在工作很稳定啊。最后老爸给我留了一个话，他说：“我觉得你还是好好上班好了！但是，人因为梦想而伟大！” 这下我晚上就睡不着了，我该怎么办呢？ 因梦想而伟大？我这个梦有那么伟大吗？我真的要去实现这个梦吗？那时候我已经在交易大厅里当上经理了，二十来岁，年纪轻轻，看起来真是前程似锦！何况我人又帅帅的（笑）！ 你笑什么？你不太认同吗？

**鲁　豫：**没有没有（笑）。

**吴宗宪：**当时几乎从最大的老板到底下一个茶水间的小妹都对我印象

很好，都觉得我应该留下，但是我隔天醒来就走到仁爱路的公司递了辞呈，这就是我的个性，该走的时候，就会离开。不过巧了，一个礼拜以后，当时的“财政部”部长郭婉容讲了一句很愚蠢的话，她说：“哎呀，股票嘛，你们不卖就不会跌了！”谁会听她的？所有人都狂卖，结果台湾股市一下从12000点狂跌到2000点。你看，我一走，就跌了。之后我就出了张唱片，叫做《是不是这样的夜晚你才会这样的想起我》。

20世纪80年代初，吴宗宪曾与苏芮一同参加台视《五灯奖》的情歌对唱比赛环节，卫冕至四度三关时由于吴宗宪必须服兵役而放弃卫冕。在经历了浮兵役与证券白领工作后，吴宗宪最终回到音乐领域，1987年，吴宗宪拥有了自己的第一张专辑，从此正式进入乐坛。

**吴宗宪：**我记得有一次跟周华健聊天，我们曾经在同一家民歌餐厅里唱歌，他那时候已经很红了，我感觉自己应该不比他小，应该会比他红一点点，价钱多一点点，时段好一点点，因为他唱完后面就是我。结果我遇到他时说起来，他说没有啊，我唱12点的，你唱1点的，你唱给鬼听啊！后来他又说，你的歌现在真的很红，香港排行榜七周冠军，你都不知道吗？这样我才慢慢察觉到好像自己也有机会，在那个时候开始感受到走红的滋味。

## 为大家演出，怕大家觉得不好笑，这股力量一直推动着我

自1987年发行第一张个人专辑起，吴宗宪又陆续发行了几张个人专辑，但却始终处在歌红人不红的尴尬境地。在对乐坛发展感到心灰

意冷的时候，1994年发行的专辑《真心换绝情》让他获得了台湾第6届金曲奖最佳方言男演唱人奖。

**吴宗宪：** 很少有歌手金钟奖跟金曲奖一起拿的，只有费玉清、庾澄庆，还有我。拿金曲奖的时候比较高兴，因为我是歌手啊，而且是在我就要离开歌手行列的最后一刻拿到的。那时候我已经慢慢展露出谐星的功能了，所有人看到我就觉得很好笑。那一次金曲奖晚会上我有一段很好笑的表演，像是马戏团里面化了妆的小丑。在后台的时候，忽然听到宣布入围者里有我，得奖者也是我。那一刻，我没有哭，但跟我一起表演的人都哭了。那个奖是我最在乎的。

**鲁　豫：** 你没掉两滴眼泪吗？

**吴宗宪：** 一个跑江湖的艺人是不会思考到这部分的，我很难把自己心房打开去体会当时真正的感受。因为作为艺人，你心里面想的是等一下怎么表演，non-stop show must go on，你要一直为大家演出，怕大家觉得不好笑，这股力量一直推动着我。

**鲁　豫：** 我曾经看过你接受采访说起刚做歌手的时候，开始跑宣传通告，结果一下等了十几个小时？

**吴宗宪：** 在台湾的艺能环境里，这些苦是肯定要受的。我曾经听一个在台湾很有名的制作人骂一个新进行业的女歌手，骂得好难听啊，几乎把人家祖宗三代全骂了。那时候我已经有一些地位了，就跟这个制作人说，算了，不要这样骂人家了，搞不好人家改天是巨星了！结果

他说，“那等她红了我再来求她就好了”，不红就欺负她。后来那个人还真红了，需要去求她就真求。

**鲁　豫：**要是我的话，我可能会想，你当初那样骂我，哼，我才不上你节目呢！

**吴宗宪：**不会的，那些人都是我们的逆境菩萨。记得我做新人的时候，当时台湾只有三个电视台，我只要上了就有机会红，因为平台太重要了。有一次我被通知去上节目，早晨十一点多我就到那边了，一看，布景、乐队都还没弄好。午饭时间到了，人家吃便当，我也吃，一直等到晚上还没轮到我。便当又来了，又吃，吃完再等，到了晚上十一点多，发现怎么所有人都走了？终于鼓起勇气去问：“轮到我了没有？”“你是哪一位？”“我是吴宗宪。”“哦，你是吴宗宪的宣传是不是？”“不是，我就是吴宗宪。”“哦，那你……？”“不是说今天的通告里面有我吗？不是你们通知我要来这里表演一个什么吗？”“哦，我们没有录这一段，忘了跟你讲了，这样好了，我们下次再邀请你来上节目。”说完他就走了，剩我自己一个人站在摄影棚里，快要含泪了，很用力地在心里面骂了一些不该骂的话就离开了。我说我一辈子都不要来上这个节目！结果他们也真的一辈子都没邀请过我，因为后来那个节目就没了，叫钻石舞台，当时的主持人是胡瓜，现在他的节目老是被我的打败，嘿嘿嘿。

**鲁　豫：**你还是跟小孩一样。

**吴宗宪：**艺人都有一颗赤子之心。

## 一个常胜将军不是因为会打仗，而是懂得选择战场。我发觉电视是我的战场，我能够做到游刃有余

“我们歌坛呢，最近真的可以说是生气蓬勃！许多新人都加入了我们的行列，像有一位新人吴宗宪，今天就来到我们《就在今夜》。”

“你好，方姐。你好，方大哥……对演戏比较不行，唱歌比较行，比较喜欢。”

这是一段吴宗宪1989年出专辑跑通告时期的片段，羞怯的表现中似乎很难看到口才天王的影子。时隔五年，在另一段专辑跑通告的片段中，吴宗宪的口才已是机智诙谐，甚为了得。

张　菲：你看你唱了很多歌，将来会不会造成混淆呢？

吴宗宪：不会，因为好的歌声能够被时代留下来。出道15年来，至今已经有三张唱片在市面上被……

张　菲：（笑）对！我们要宁缺毋滥嘛！对不对？

吴宗宪：当然，像我们菲哥，到目前一张都没发过！

几年的时间，吴宗宪的口才与技巧突飞猛进，这既得益于几年跑龙套充当谐星的磨砺，又得益于几千场校园演唱会的主持经历。

**鲁　豫：**当初是谁这么具有伯乐的慧眼，发现吴宗宪能当主持人？

**吴宗宪：**其实我是一路从校园演唱会到工地秀，慢慢才有了更多机会。

**鲁　豫：**什么叫工地秀？

**吴宗宪：**工地秀就是人家盖房子要招揽客人，我们如果在那儿表演就

会有更多人来看房子，帮助卖房子。不过做最多的还是校园演唱会，做了两千多场。

**鲁　豫：**然后就有电视制作人发现这个人不错？

**吴宗宪：**没有，是圈子里面传闻江湖有一个叫做吴宗宪的，是校园天王。我就这样从那个比较差的环境里面挣脱出来了。我本身是乐意表演的，但起初去每一个学校都是被赶的。我这边还在演，那边学校的工作人员就悄声说："吴先生，我们那个宿舍要关门了，麻烦你演快一点。"我每次都是被赶着演完的，但这些在日后就发酵了，因为他们可以感受得到你的热忱，觉得你是很真心地在为他们表演。

**鲁　豫：**你做了几千场校园演唱会，等于全台湾的校园你都跑遍了？

**吴宗宪：**大概跑了一二十趟以上。一边主持一边唱歌，表演嘉宾没有到的时候我就唱。记得有一年中秋节，在台中一所高校主持，没想到原定七点开始的晚会，到八点十五分才来了第一个歌手。当时还没有高铁，所有歌手都被塞在高速公路上了。

**鲁　豫：**观众不起哄吗？

**吴宗宪：**没有起哄，我在跟他们一起玩啊。我开始表演，先唱歌，唱完以后开始做游戏，做完游戏讲笑话，笑话讲完再找同学上来互动。大家完全没有感觉到后台其实没有一个歌手，我一个人演到歌手到场为止。

**鲁　豫：**真厉害，难怪叫校园天王！

**吴宗宪：**所以那些制作单位就觉得只要我在，他们就比较安心，好像就算有什么意外，这一个人也OK。

**鲁　豫：**在台湾电视圈，做新人苦不苦？

**吴宗宪：**我从有机会做电视就一路是常胜将军。常胜将军不是因为会打仗，而是因为懂得选择战场。电视是我的战场，我能够做到游刃有

余，只是把学校里面那套功夫拿到电视上来。两千场校园演唱会、六七百场工地秀、民歌餐厅的岁月，都是很好的积淀。小时候我们家左边是书局，右边是唱片行，我每天可以读一些杂书，主持人要的就是视野宽广嘛，不需要太深入。如果你在电视上做一个专业的医学人体解剖谁要看啊？电视要宽要广但不能深，我算有一个蛮好的基础。

**鲁　豫：**能让别人快乐是件特别高贵的事情。我有时候看一些搞笑节目，很多人会说无聊，但我想，这个人愿意放下他的架子，他的一切，就是为了让我笑，那一刻我会觉得特别感动。

**吴宗宪：**对，我们就是老来子，演了一辈子。观众是我们的衣食父母，你为你的父母表演，他们看你在那里搞笑觉得很开心，这就是最大的功能，所谓“彩衣娱亲”也是二十四孝里的一个。

## 舞台上一分钟不好过的话，比台下十年还难受。因为所有焦点都在你身上

1995年，吴宗宪成为华视综艺节目《笑星撞地球2：战神传说》的外景主持人，此后，他又担任台视《超级星期天》节目固定班底和《天天乐翻天》节目主持人。

小燕姐：这位小姑娘真的叫林青霞？真的吗？

吴宗宪：哎呀，你看一样的名字人差这么多啊！

小燕姐：也很漂亮啦，他爸爸那个时候可能很喜欢林青霞，然后就娶了她妈妈，长得也很像林青霞，所以生下来女儿也像林青霞，于是就叫林青霞。

吴宗宪：我倒觉得蛮像沈殿霞哈！

1996年，吴宗宪加入中视《我猜我猜我猜猜猜》节目主持群，开始成为台湾知名主持人。之后的十几年间，他所担纲主持的综艺节目更是遍地开花，手中一度同时握有30多档节目，节目播出平台横跨台湾十多家电视媒体。

**鲁　豫：**你一共做过多少个节目自己数不过来吧？

**吴宗宪：**还好，还可以数过来，因为我的节目寿命都蛮长的，像《我猜我猜我猜猜猜》已经有12年了，之前的《周日八点档》，就是现在的《Power Sunday》，也有八九年了，跟曾宝仪主持的《综艺旗舰》，少说也七八年了。最多的时候同时做六七个节目，在台湾的电视媒体里面一天出现三小时还多，我妈看到要吐。照理讲她应该很支持我，觉得又看到儿子了。但她跟我讲，怎么电视里转过来转过去都是你啊！看得好恶心啊（笑）！这还不包含回放的，确实太多了。

当时电视媒体刚好处于爆炸的阶段，台湾那么小，却有一百多个台。如果你晚上睡不着，电视可以转到一百零几个台，甚至还有和尚念经给你听。我在内地工作的时候经常会看你的节目，很不错，只是一个钟头的访问可能要录五六个钟头吧？

**鲁　豫：**我们录得很快，也是一个多小时。

**吴宗宪：**我一个小时的节目大概录五十分钟，还剩十钟是广告。像《我猜我猜我猜猜》这种两个小时的节目，我只录一个小时又四十分钟，差二十分钟。有一次摄影师还为了这个打架，他们抢着要录我的节目，不想录《非常男女》。《非常男女》那种配对节目常常要从早上录到凌晨一点，但我的节目就不会这样，没有停机，没有NG。

**鲁　豫：**我们也是这样，但不会卡得像你这么紧。

**吴宗宪：**我会把时间卡得刚刚好。比如一个小时的节目，大概有三个大的笑点、七个小的笑点就可以了，平均起来每四分钟要有一个什么点，这些我都会在心里面盘算好才开始录影。

**鲁　豫：**你看起来好像是轻轻松松，其实在背后非常用功。

**吴宗宪：**舞台上一分钟如果不好过的话，其实比十年还难受。因为所有的focus（焦点）都在你身上。让人家笑比让人家哭难。一个谐星有他的任务和责任，是很难当的。

## 小丑跟白痴的差别是，白痴不知道什么时候要停止表演，小丑下班了就会停止

［节目现场］

吴宗宪：我们来介绍这一位康康！演艺圈帅哥何其多啊，这一位能跳脱出帅哥的行列也是不容易的。最近周杰伦也帮他写了一首歌，最适合他了，叫做《半兽人》！

阿　雅：Nono这次是动了真情了，从来没看到过他害羞的

表情！

吴宗宪：我看他是动了胎气了，还动了真情呢！……凭良心讲Nono也是个不错的男孩哦，最近已经在南港买了一栋豪宅了，那里的房地产可是很贵的哦，一平六十多万！

阿　雅：哇……那么贵！

吴宗宪：对啊，他买了两平，他和妈妈住在一起，都站着睡！

化妆、对文案、进棚录影，那些枯燥的节目录制流程，到了吴宗宪这里可以变得妙趣横生。工作中的吴宗宪幽默而充满活力，这样的状态，吴宗宪保持了20多年。

**吴宗宪：**平常工作的时候我不会停下来，而且很少看到我话不多的时候，话跟牛毛一样多，说完觉得不好笑自己又换个身份再说一次，就好像一个人分饰多角。但私底下的时候一个人呆着才发觉自己很安静。我看过一本书，说一个人的欢喜跟悲伤是1∶1的，这个比例如果出现误差的话你就会生病。小丑跟白痴最大的差别是，白痴不知道什么时候要停止，小丑知道，他下班了就会停止。在台上很疯狂，在台下一定是反向的。有一次我自己也不知道为什么想要安静一下，然后就一直走路，走累了，拦了辆车，计程车司机看见我很激动："哎哟，宪哥！"我说："你好，你好。" 他特别激动，从头到尾情绪很high，边说边演。"我们全家都看你的节目！你那个太好笑！就是跟那个谁，有没有？"说实话我每天录影，根本不记得跟谁在一起，但他还是很高兴，就拼命演，努力提醒我，边说边笑："哎呀，你那个太好笑了，好好笑啊！宪哥啊，你怎么那么好笑！讲个笑话听听嘛！"然后我就说麻烦前面那个地方停，放我下来。我付了钱下车，那一刻是最想哭的。

**鲁　豫：**我明白你那种感受，我已经下班了，我不想再说工作的事情了。

**吴宗宪：**对，但是我又把他们当做衣食父母，所以就会觉得自己宿命里面就是要带给人家欢乐。有时候我也蛮愉快于自己有那么好的option，可以做很好的选择。你看华仔，还有阿妹，阿妹就住我家隔壁，还有小猪（罗志祥）、蔡依林、林志玲、侯佩岑这些人，他们如果选择转弯会更困难。还好我长得不够帅，如果是华仔的话，那么帅一张脸怎么转行啊？他如果变成一个飞行员去开飞机，哇！那不帅死人了！那么帅又穿着机长服，太帅了肯定不行。

**鲁　豫：**也是，刘德华开飞机我也会担心的。

**吴宗宪：**还有小猪，如果他去卖牛肉，也不行。如果蔡依林去开一个服饰店、林志玲去卖马桶……我悄悄跟你说哦，她现在有个男朋友是卖马桶的，H开头那个牌子哦（笑）。

**鲁　豫：**你这都是哪儿跟哪儿啊，真的假的（笑）？

**吴宗宪：**真的，快要结婚了（笑）。相比他们我觉得自己还蛮幸运的，在人生的转弯处你有能力转弯，这多可贵啊！有一段时间，我心情不是特别好，台湾这几年经济状况也不是很好，比较低潮，但我的公司一切都非常顺利，可是我自己觉得不是很愉快，因为我喜欢有挫折感。

**鲁　豫：**你没事吧？

**吴宗宪：**我喜欢有挫折，喜欢有挑战，但有好一阵子都没有什么太好的对手了，时常会觉得百无聊赖，真得很无聊。我觉得一个行业做了那么多年，不如来玩一些比较好玩的。所以我就通知与我合作做节目的制作单位：“你好，我录影的schedual通告安排到2009年6月30日，以后我不再从事这个行业了，谢谢你们。”说完我就挂掉了。

**鲁　豫：**你在逗人家玩儿吧？

**吴宗宪：**没有啊，是真的，不信你可以问我的经纪人。

**鲁　豫：**然后呢？

**吴宗宪：**离开这个行业，多无聊啊，又没有挑战。

**鲁　豫：**那被你通知的人不得紧张死啊？

**吴宗宪：**有人隔天就拿他们全家福照片给我看：“宪哥啊，我们全家都靠你在吃饭的哦，请你不要离开。”但是不行的，我说要走就是真的走，没有挑战的东西真的很无聊，除了这点以外还有一个很重要的原因是，在台湾当艺人真的不是人干的事，你不会了解的。那么可爱善良的一个人，一年要到法院去几十趟，告人家乱写你或者怎样，你真的会受不了的。我有很多很好的朋友是香港人，我常跟他们说，你看，都是被你们香港那种狗仔文化害的，搞得人跟人之间互相信赖、互相关爱的心都没有了。到6月30号那天我会开一个很大的记者会，然后跟大家宣布我要离开这个行业了，谢谢你们以前的照顾，到时一定会有记者问：“宪哥，那你为什么要离开演艺圈？”我就有机会跟他讲：“因为我要离开你们这些讨厌鬼！再见！”

**鲁　豫：**你真的要走啊？

**吴宗宪：**对啊，6月30日啊。

**鲁　豫：**我不信。

**吴宗宪：**那我们打赌，我连新合约都没有签。真的想走了，但或许能留一点 range，也许到最后记者会还是要开的，但可能还剩一个节目或者干脆全都没有了。

**鲁　豫：**人家岂不是白拿着全家福说一家人靠你养活了？

**吴宗宪：**我叫他们一起转行啊（笑），干脆去开餐厅算了。

## 节目做久了就会有老态，如果你不淘汰自己，就等着别人来淘汰你

**鲁　豫：**你这么一步步走过来的确挺不容易的。

**吴宗宪：**小辛苦啦，所以我真的想要降落了。如果可以顺利离开这个行业，我想很难有谁可以下得比我漂亮了，这叫裸退。要接受自己的变化。可能接着下来要面对的是自我淘汰。我常说，以节目来讲，做久了就会有老态，老了就有疲态，疲了就会被淘汰，如果你不淘汰自己，就等着别人来淘汰你。show must go on，如果你站在那个位置上已经没有收视率了，那很可能明天人家就会通知你不用再录影了，所以不如很漂亮地转身，告诉所有人，谢谢你们这么多年让我缴了这么多税。哈，开玩笑，谢谢你们让我赚了这么多钱，让我养家糊口。最重要的是我也服务了大众，我很感谢你们，但I'm sorry，I have to go，我真的要走，然后就漂亮地降落啦。很多人会说你还那么年轻，你的人生竟然已经降落？对不起，话还没说定，锣鼓点又起，我又在另外一个舞台上粉墨登场了！

## 有时候也会心疼自己，应该给自己一些休息时间了

吴宗宪要“粉墨登场”的是生意的舞台。

早在2000年初，吴宗宪为了有更大的空间发展，就开始把触角

伸向各大副业。苦心经营下，他的副业王国拥有100多家餐厅，两间录音室以及唱片公司、出版社、健身房、网站等，对于外界盛传他所投资项目只赔不赚的说法，吴宗宪不置可否，但聊起自己的生意经，他显得兴致盎然。

**鲁　豫：**你之前做过很多生意是吧？

**吴宗宪：**餐厅开过102家，包括咖啡厅，像很有名的恶魔岛，还有台湾的糖朝，还有糖水宝宝、S.B.D.H、意大利餐厅、日本餐厅，烘卤烧肉店也有，还有波音西餐厅、天下第一锅等，很多都是系列的。

**鲁　豫：**你开餐厅赚钱还是赔钱？

**吴宗宪：**还不错，在那个年代是赚钱的。此外还做过别的生意，多到一时想不起来。有一家网络公司starbeta.com，新贝达娱乐网，但现在没有做了。两家唱片公司一家是以前的阿尔法唱片，里面最有名的歌手是周杰伦，还有另外一家是现在的beta—贝达唱片公司，里面最有名的歌星就是我啦（笑）。

**鲁　豫：**你哪来那么多时间跟精力呢？

**吴宗宪：**对啊，真是没有觉睡，有时候也会心疼自己，应该给自己一些休息时间了。

**鲁　豫：**那你接下去做什么呢？做生意吗？

**吴宗宪：**我做能源，我公司的slogen是Do something to the earth，为地球做一点事，节省能源，而LED最省能源，它可以取代光源，比节能灯还省75P，大家迟早都会使用的。

**鲁　豫：**你将来不得了。

**吴宗宪：**也还好，创造被利用的价值吧。如果更多人用你的灯，这个地球就会少一点暖化，就节能减碳。倘若内地三分之一改用LED的话，一年就可以省下一座长江三峡大坝的发电量。2010年世博会将会大量使用LED灯，所以我就要去和别人竞争，证明我的比较好，好很多。人家有需要，我们就应该去奉献，干嘛考虑赚多少钱，那不重要，不要那么狭隘，如果真的用了，也是用在地球上嘛！Do something to the earth，为地球做一点事，就足够了，其他我不觉得很重要。

**鲁　豫：**你离开了以后又想这个舞台了怎么办？

**吴宗宪：**Show must go on，你走了，一定会有人继续接上的。

**鲁　豫：**对，别人还在继续，但你自己呢？如果你自己有一天想这个舞台了，忽然想回来了，怎么办？

**吴宗宪：**想回来就回来，没什么吧？

**鲁　豫：**你都裸退了还怎么回来？

**吴宗宪：**当有一天人家真的需要你的话还是可以回来的，所以我才会说创造一个被需要的价值。如果位置已经占满了，你根本不需要再回来了那就不要回来了，我要让很多人觉得遗憾啊，很多新进这一行的人以打倒我为终身之志。

**鲁　豫：**但是“我先走了，你没人可打”？

**吴宗宪：**对，所以如果真的能在6月30号顺利退休的话我就太开心了，有人用了一辈子想要打败我，但是不好意思，没有机会了（笑）！

## 我肯定不是一个好丈夫，但我是最好的爸爸，我还没有看见过比我好的爸爸

在当红艺人和商人的身份之外，吴宗宪还有更值得骄傲的头衔，

那就是一个六口之家的好家长。尽管工作忙碌，他总会设法抽出更多的时间回归家庭。

**鲁　豫：**媒体什么时候对你最严厉？是当初狗仔队进入台湾并且知道你有孩子的时候吗？

**吴宗宪：**一直都很严厉，狗仔进台湾大概有八九年的时间，但我那个未婚生子的新闻是狗仔队还没进台湾的时候出来的。

**鲁　豫：**能做到这点也挺厉害的，有很多孩子，但大家一直不知道？

**吴宗宪：**其实我公司的人都知道，我也没有刻意隐瞒，我不是一个偶像。当初我刚有小孩，就算我去跟人家讲，人家也根本不理我。我说我有一个女儿，人家说我还有三个呢，那又怎样？不怎么样啊！应该这么形容：穷在闹市无人问，富在深山有远亲。当初你就是个nobody，who care，就算媒体写我有一个女儿，so what？又能怎样？如果换做现在的刘德华，有一个女儿，新闻出来了，他也承认了，那当然是一个大新闻了。

**鲁　豫：**即便后来媒体曝了，也不算什么不好的新闻吧？

**吴宗宪：**还是会被妖魔化。新闻重点说你有这些孩子没有错，但你是一个不负责任的人。

**鲁　豫：**你是一个负责任的人吗？你对太太好吗？

**吴宗宪：**很好啊，没有什么不好的，我对每一个人都很好。

**鲁　豫：**一个礼拜能陪太太吃几次饭？

**吴宗宪：**很多很多，多到不胜枚举（笑）。

**鲁　豫：**一个礼拜才几天你就多到不胜枚举，我的数学虽然不好但这个也算得清啊（笑）。

**吴宗宪：**基本是有空就吃的。

**鲁　豫：**那你会在情人节、结婚纪念日或是其他什么节日的时候送太太礼物吗？

**吴宗宪：**那倒不会，我们已经到了不用送礼物的地步了。我记得有一天我到一个L开头的专店买一个包包送给公司过生日的女同事，我进去后挑好就刷卡，店员上来跟我说："吴先生，我已经帮你打了九五折。"那家店是从来不打折的，我也纳闷。店员就说："因为你是我们的超级VIP。"VIP？可我没有在这里买过东西啊？

"有的，您太太也是我们的超级VIP！"

**鲁　豫：**所以你是家里负责挣钱的那个人吧？

**吴宗宪：**男人就认了吧，赚钱跟花钱的永远不是同一个人。

**鲁　豫：**你当爸爸什么样？

**吴宗宪：**我肯定不是一个好丈夫，但我是最好的爸爸，在这上面我肯定要争第一的，因为我还没有看见过比我好的爸爸。

**鲁　豫：**据说你女儿特别漂亮？

**吴宗宪：**孩子在父母的眼里当然都是很漂亮的（笑）。

**鲁　豫：**有女儿，当爸爸的会很操心吧？怕她们交不好的男朋友？

**吴宗宪：**一点都不会啊，当然交友状况会从侧面去了解。

**鲁　豫：**她们交男朋友告诉你吗？

**吴宗宪：**会的，我都是第一个被告知的。有人在追她，是什么情况或干嘛了都会告诉我，还会传照片给我。有一次我问她，你这个照片怎么拍得颜色那么黑啊？她说没有啊，那个人是中南美洲的，本来就比较黑啊（笑）！也OK啊，我觉得她喜欢比什么都重要，我不会干涉她交友，但是会注意她身边的人。她顺利考上大学对我来讲，就好像把一整年的工作都完成了，因为她才18岁，只念了两年高中就越级考上大学了。我心说爸爸这么不爱念书，女儿还这么棒，真的很感恩。

**鲁　豫：** 你没有逼过她，她自己就愿意念书？

**吴宗宪：** 没有逼，小孩跟小孩是不一样的。我要让他们快乐开心，不一定都要念书，有时候浪费时间去念书有什么作用呢？ 记得我儿子有一次在学校写作文，因为一个造句被老师修理了，孩子哭着回来了。我就跟老师说，你认为这个孩子哪里错了就跟他讲，叫他改过就好嘛，干嘛打他呢？老师也很无辜："不是啦，他那个造句不伦不类的不可以啊！"结果我一看完那个造句我也想扁他，老师让用"陆陆续续"造句，他写的是："下班了，爸爸陆陆续续回家。"爸爸只有一个怎么陆陆续续啊？但我也觉得孩子真是蛮好玩的。

**鲁　豫：** 他们特淘气的时候你会凶吗？

**吴宗宪：** 我没骂过小孩，小孩总有犯错误的时候，应该用更美好的心境去看待他的错误嘛。

**鲁　豫：** 你的教育水平怎么这么高呢？

**吴宗宪：** 有一次我的司机很尴尬地跟我说："弟弟在你的车子后面画画了。"我一看，他用马克水笔在我车子的坐椅上画满了小朋友的那种图案，大家看到都要晕倒了。然后我跟他说，很好啊，但是以后你不要画在这里，可以画在别的地方。其实我觉得很漂亮啊，OK的，你一定要用美好的心境去面对孩子啊。

**鲁　豫：** 你脾气真好。

**吴宗宪：** 我脾气很好的，甚至在工作场合都没有发过脾气，不过最近好像比较有一点，会不会是更年期啊（笑）？

**鲁　豫：** 我感觉你当朋友或是同事都很好，但要当老公或男朋友恐怕……

**吴宗宪：**我觉得不是很称职，至少我时间很少，当你有时间的时候肯定要回归到家庭，要先给小孩。

## 演艺界的事，写的都不是真的，真的都没有写

**鲁　豫：**你是那种对感情不会太长久的人吗？

**吴宗宪：**不会啊，我初恋的女朋友就谈了11年，从国中一年级一直谈到大学。

**鲁　豫：**最后怎么就没在一起呢？

**吴宗宪：**大部分初恋都没有什么结果，所以它才会叫做初恋嘛。有一个定理，每个人一辈子真爱只来两次，当你知道这个定理的时候通常第一次已经过去了，第二次是什么时候，也不太确定。

**鲁　豫：**你碰到几次了？

**吴宗宪：**我碰到一些了（笑），新闻媒体上不是也有一些嘛。我觉得自己是一个透明人，媒体上写的比真实状态里的还要多，完全没有办法。我们就是一个产品，很希望更多人注意我在舞台上的表演，不要去管家里后院的事，那些真的不太重要。

**鲁　豫：**太太放心你吗？

**吴宗宪：**我们一直到2003年才有婚姻关系的。演艺圈离婚率很高，大概每三对就有两对是离婚的，我之前没有离婚的原因可能就是没结婚吧（笑）。

**鲁　豫：**媒体上成天写你的绯闻或其他什么的，你太太看到会跟你吵吗？

**吴宗宪：**习惯是可以成自然的，而且她也知道艺能界写的都不是真

的，真的都没有写。

**鲁　豫：**所以写你的都不是真的？

**吴宗宪：**几乎。

**鲁　豫：**这么说你是个非常专情的人？

**吴宗宪：**因为我几乎没有任何时间用在感情上，我99%的时间都是在工作，所以我会累到心疼自己。想想看，我要弄工厂，要管理公司，还要录影，要开会，如果还有时间谈恋爱那真的体力太好了。

**鲁　豫：**这一点我倒是相信，这么问吧，你是不是个花心的人？

**吴宗宪：**杰伦比较花心，我还好啦（笑）。但是他OK，因为他未婚嘛，没有关系。

**鲁　豫：**你家里有没有倒计时器？计算一下距离退休还有多久。

**吴宗宪：**不用，这种倒计时我老早就放在心上了，希望有一天可以开心地离开这个行业，也最后跟大家说一声谢谢收看。

**鲁　豫：**你已经跟合作的所有人都说了要离开的消息？

**吴宗宪：**都讲了，但是他们都说不要，不行。可是我有我的生命，我有我的人生啊。表演艺能界的事情做好做坏都没关系，少了我一个，别人进来就好了，晚生后辈会多很多出路，从这点上也值得祝福吧。要给他们一点机会去表演，而且我也没有说所谓的裸退就是永远不再回来，如果有一天实在觉得……唉，再说吧，还是不要考虑回头路啦，我觉得生命就如同过了河的卒子一样，没有后退的余地。

**鲁　豫：**舞台没有任何人都可以，但少了你总还是会有点寂寞吧。

2009年6月30日说到就到，吴宗宪却再次食言，称自己将退出的日期再推迟半年。吴宗宪的徒弟兼好友康康一个劲地帮师傅说好话："让他有个'缓冲期'，宪哥真的很好，我是不希望他退的。我想他说的退出台湾娱乐圈就是为了内地市场吧。"

吴宗宪在台湾接受媒体采访时表示，演艺圈的成就他"怀胎"了二十余年，如果一下子就退出，他怕会得"产后忧郁症"，所以会先等手头上的旧节目告一个段落才会退出。

也许这正应验了他说的那句话，演艺界的事，写的都不是真的，真的都没有写。

# 潘长江

## 个儿矮心大

音乐小品
过河

男人40
潘长江

## 人物小传　潘长江　1957年生于黑龙江东宁县

1979年考入铁岭评剧团，1982年改演二人转，主演过《猪八戒醉酒》《三请樊梨花》《换亲记》《柜中缘》等。1986年与赵本山合演《大观灯》，被观众誉为“东北丑王”，1989年参加国际第三届青年戏剧节获“个人表演金奖”，多次参加央视春节联欢晚会、综艺大观等。小品代表作有《桥》《过河》《迎亲》《打虎上山》《歪打正着》《对缝》等，2007年起开始自导自演农村题材电视剧。

## 我在我妈肚子里的时候就会唱戏，一出生就盘算着如何表演

据说在潘长江刚满五岁的时候，有一次坐了20多个小时的火车去大爷家，车上人很多，喝不到水，把他渴坏了，一到大爷家就跑到水缸前，舀了两大瓢水喝。从那以后，他一见着水就特别亲，不管去哪儿，只要发现自来水管，一定会跑过去喝个饱。后来家人都觉得不对劲儿，带他上医院检查，医生说这孩子得了消渴症，是渴急眼了落下的一种病态，但是这种病根本没有特效药。当时沈阳的一家知名大医院还给他判了死刑，说这孩子活不过25岁，想喝就让他喝吧！如今，他顺利活过来了，还活得有滋有味、有声有色。

在节目录制现场，潘长江表演了一套自己的“绝活”：他挺直腰板，仰起脖子，张大嘴巴，高举矿泉水，瓶不挨嘴一口气迅速喝完整整一瓶水，让观众目瞪口呆。

**鲁　豫：** 你这真的是绝活！

**潘长江：** 是很绝的一绝活儿，是不是感觉跟往下水道里倒水似的？

**鲁　豫：** 你平时还是那么爱喝水吗？

**潘长江：** 爱喝，视水如命。我可以不吃饭，但是不可以不喝水。

**鲁　豫：** 一天能喝多少水？

**潘长江：** 如果是瓶装矿泉水，我一天得喝15瓶左右吧，还没完呢，不包括茶水。小时候生病落下的习惯，没办法，改不了了。

**鲁　豫：** 这个绝活你在很多舞台上都表演过吗？

**潘长江：** 绝活嘛，当然想给大家表演看看了。

**鲁　豫：** 你属于从小就爱好表演的那种孩子吗？

**潘长江：** 我在我妈肚子里的时候就会唱戏，一出生就盘算着如何表演，主要是受父母的影响吧，那时候他们都是评剧团里的角儿。在我还没满月的时候我妈就出去演出了。

潘长江父母都是辽北地区著名的评剧演员。自幼受家庭的艺术熏陶，潘长江唱、念、做、打，四功俱佳，而强烈的表演欲望更是与生俱来。在蹒跚学步的时候，他一有机会就想着往舞台上蹿。

**鲁　豫：**你第一次登台时几岁？

**潘长江：**三岁半。

**鲁　豫：**是别人安排你登台表演节目吗？

**潘长江：**是我自己给自己安排的（笑）。小时候跟着父母演出，记得三岁多点儿的时候，有一次我父亲上台，演赵云，先是上场亮相——趟马，结果一上台观众就大笑。我父亲毕竟是老演员，比较有经验，他圆这场子一走，回头就看见我了，我就跟在他后边拿着炉钩子，也跟台上亮相，所以观众就笑啊！我爸故作镇定地围着我转了一圈，用唱戏曲的腔调唱道："来个人把他抱下去！"可见我从小就有表演欲，不管演什么戏，反正只要逮着机会我就往台上跑。从那以后我父母再有演出的时候，一定找个人在后台看着我，就怕我非常勇敢地冲上台去（笑）。

**鲁　豫：**你爸妈看到你这么小就喜欢这行，高兴吗？

**潘长江：**不高兴，他们不希望我将来干这行。他们知道这行辛苦，一天要练三五遍功，特别累，所以父母坚决不同意我干这行。我呢，比较执着，长大后就更加喜爱这行了，背着父母亲偷偷去练功。刚开始都是练基本功，翻跟头，练甩腰，两只手在地上搓。我真正开始练的时候已经17岁了，腰也硬了腿也硬了，比正常接触练功的孩子要多付出好几倍的心血。后来我十个手指头指尖上的肉和指甲都脱离了，手指头往外冒血，就缠上纱布继续练。有一天被我爸发现了，他一看我这十个手指头全缠着纱布，纱布上渗着血，不用问就明白怎么回事了。我爸很感动，说这孩子天生就是干演员的材料，不怕吃苦，就同意我干这行了。

## 没人看我，这哪行啊？我岂不白化妆上台了？我得想个点子

1979年，22岁的潘长江考入了铁岭县评剧团，成为一名专业评剧演员，专攻小花脸。小花脸属于评剧中的丑角，表演者不但要会唱会说，还要在舞台上翻跟头练劈叉，摸爬滚打。事实上，演丑角并非潘长江的初衷，而是来自父亲的建议。

**潘长江：** 我爸说以我的个头演小生不行，如果我真的喜欢这一行，想在这一行有出息的话就演小花脸。小花脸属于丑角，戏曲里的生旦净末丑，丑排在最后，它不是很重要，所以每一个演员都不想演丑角。我当然想演小生，扮相英俊，戴个小方巾什么的，一上台迷倒下面一片姑娘。

**鲁　豫：** 但是丑角也很吸引观众。

**潘长江：** 反正我就觉得观众的视线都是奔着小生去的。

**鲁　豫：** 你演小花脸的时候有观众注意你吗？

**潘长江：** 开始的时候没有。上台就看到台下观众的眼睛都在旦角或者生角的脸上，没人看我。我觉得很尴尬，这哪行啊？我岂不白化妆上台了？压根没人看我啊！我得想个点子。我还算比较聪明，想了一个好点子。以前花脸上台穿的都是彩裤，是免裆裤，腰上系一根绳。有一回我就有意没系绳儿。

**鲁　豫：** 那裤子不就掉下来了吗？还是免裆的裤子！

**潘长江：**我是有意的，所以提前在里面穿了大裤衩，而且故意穿一个红色大花裤衩（笑）。我一上台裤子就开始往下掉，我就不停地往上拽，这一拽就把观众的视线都拽到我身上了。这么几场下来，观众差不多都认识我了，以后不用拽裤子大家也会注意我。

**鲁　豫：**你们领导不因此批评你吗？

**潘长江：**下了台以后就被团长臭骂了一顿，我说只要观众乐不就行了吗？那时候不懂这些，后来我爸也骂了我，要是搁现在我肯定不敢做这样的事。

## 一到师傅家，二话没说，跪在地板上就磕了三个头

进入评剧团之后，潘长江算是实现了自己最初的梦想。他心中有一个崇拜多年的偶像，当时评剧界的大明星刘立明先生。潘长江做梦都想拜他为师。

**潘长江：**当时我拜托评剧团的一个奶奶，通过各方面关系找到了我后来的师傅刘立明，把我录的一个盒带给他听了。

盒带中的声音得到了刘老师的认可，之后，潘长江与父亲马上行动，备好礼品，从铁岭前去长春参加了让他终身难忘的一次“面试”。

**潘长江：**去之前我就告诉自己，这次拜师只许成功不许失败。如果失败了，我这条从艺之路就算是完了；如果成功了，这将是我的一个转折点。我很佩服自己，鬼点子特别多，必须让师傅收下我，没有拒绝的余地。

**鲁　豫：** 你又冒出什么点子了？

**潘长江：** 我一到师傅家，二话没说，跪在地板上就磕了三个头。我师傅一愣："起来吧，好孩子，好孩子。"我起来的时候，一看我师傅的眼神就感受到了，那里分明写着：这孩子长得这么难看啊！瘦小苦干的，这以后能继承我的事业吗？我一见这情形，就不起来了，一直磕头，还一口一个师傅好。我从小嘴特别甜，我说特喜欢师傅您演的戏，听您的戏我都迷住了。反正我就是不停地说，再加上不停地磕头，生米煮成熟饭了，不收也得收了。

刘立明先生十分珍惜徒弟的一片情意，把自己的本事倾囊相授。"严师出高徒"，两年之后，潘长江已经是铁岭评剧团里必不可少的台柱子。然而就在渐渐站稳脚跟之时，本以为一辈子就是小花脸的潘长江，却在此时被迫转项。

**潘长江：** 那时候铁岭县政府要把这个剧团给砍了，转项到"二人转"拉场戏上。我那个时候作为铁岭县评剧团年轻的、比较优秀的一个演员，就给留下了。

1982年，潘长江所在的铁岭评剧团面临生存压力，无奈之下，潘长江重新选择表演方式，从评剧小花脸转演"二人转"。三年后，他又成了"二人转"的名角。

## 每次发完钱，回到家把钱往炕上一扔，给老婆，觉得自己是个男子汉了，能撑起一个家了

1986年，潘长江与当时在同一剧团共事的赵本山演出了《大观灯》，红遍了整个东三省。

潘长江：我有一个借光的瞎亲家，他叫做白莲灯，你说他这眼神不好，我这腿脚不好。要是我们哥俩一起，他借我的眼力，我借他的腿力，你说这还就，啊就，啊就挺不错的呢。哎呀，看天色不早了……哎呀，你还别说，抹角拐弯，拐弯抹角啊就，啊就到了。哎，我说亲家在家没？

赵本山：来了。谁呀？

潘长江：我呗，亲家嘛！开门呐！

赵本山：没空。

潘长江：啥玩意儿？没空！干啥呢你没空？

赵本山：看会儿小说。

赵本山：你看小说，我说你能看得了吗你？

赵本山：七字找，八字摸呗。

潘长江：小说多长，你哪辈子能，啊就，啊就……能摸到头呢。

赵本山：慢慢摸呗。

潘长江：我说你给我开门行不行？

赵本山：叫唤啥，进来得了呗。

潘长江：你不开门我怎么进呢？

赵本山：从门缝挤进来。

潘长江：可我也不是黄鼠狼，从门缝能，啊就能挤进去！你开门。

赵本山：这就给你开去。

——《大观灯》片段

**鲁　豫：**《大观灯》对你来说是特别重要的一部作品吧？当时怎么被安排和赵本山一起来演呢？

**潘长江：**这是一个非常滑稽荒诞的“二人转”。在我被调到铁岭市民间艺术团之后，本山也调到了这个团。团里想改革，于是就把《大观灯》搬上了舞台。我演瘸子，还有些结巴，本山演瞎子。我们也没想到演出之后，就在辽宁一炮打响，从此有了“天下第一瞎，天下第一瘸”的说法。

**鲁　豫：**火到什么程度？

**潘长江：**说出来挺吓人的，在一个剧场没动地方连演500场，场场爆满，累得我跟赵本山直吐酸水。一个《大观灯》，我和本山一共演了2000多场，后来观众一见到我们就模仿。

**鲁　豫：**当时观众笑到什么程度？

**潘长江：**有一回我俩正在台上演，底下两口子打起来了。原来是那女的一看有意思，就拍那男的大腿，边拍还边拧，那男的就急了，两口子就打起来了。

**鲁　豫：**那时候酬劳能有多少？

**潘长江：**演完《大观灯》之后，在东北迅速走红，酬劳也翻了好几番，演一场是50多块钱，一天能演五场。剧团十几天发一次补助，每次发完钱，回到家把钱往炕上一扔，给老婆。那时候真是得意，觉得自己是个男子汉了，能撑起一个家了。

## 第一次有观众找我签名，签完之后他说了一句话我就蔫了！“谢谢你，赵老师！”

1989年，32岁的潘长江代表中国去日本参加第三届国际青年戏剧

节。来自36个国家的600多位青年戏剧演员参加了此次戏剧节。潘长江意外地获得了个人表演金奖。

**鲁　豫：**你演的什么节目把台下评委给震住了？

**潘长江：**一个传统的东北“二人转”段子《猪八戒拱地》。当时这个“二人转”由45分钟精简到12分钟。每当我在台上有一个变化，比如肚子露出来，或是耳朵一耷拉的时候，那些外国朋友就报以热烈掌声。12分钟演出，观众给了13次掌声，而且最后谢幕谢了三次，观众不让下去。

**鲁　豫：**一谢完幕就感觉到自己会得奖吗？

**潘长江：**不知道，演出的结果谁也不知道，毕竟是五个外国评委。颁奖晚会的时候，我们去了。我想第二天就得回国了，晚上参加晚会就带着相机，不管谁得奖都给他拍几张照片。评委说什么我们也不知道，不懂英语就凑热闹嘛。老外念中国名字发音都不准确，念到我名字的时候我还没明白，还拿着相机准备照呢，带我们来的人赶紧掐我，说我得奖了。哎呀，当时大脑一片空白，两只脚像踩着两团大棉花似的，就上台领奖去了。

在国外获奖之后，铁岭市文化局奖励给潘长江一套50多平米的房子，他终于有了一个像样的家。演出的酬劳也水涨船高，涨到了每场80元。但是，他的名气依旧没有跳出东北，潘长江这个名字真正为国人所知，还源于一个名为《对缝》的电视小品。

1989年，小品《对缝》在辽宁电视台关东春节晚会上播出之后，潘长江体验到了什么叫做“一夜成名”。紧接着，《对缝》准备在央视春节联欢晚会上亮相，然而积极准备中的潘长江最终却被告知节目取消。

**鲁　豫：**第一次有机会上中央电视台的春晚却擦肩而过，郁闷吗？

**潘长江：**那时候不懂，只是觉得机会挺好，不知道有多重要。只想去中央电视台的春晚舞台上拼一拼，拼不上拉倒。后来央视春晚导演觉得这个小品不行，就没上，但是最后在合肥的元宵晚会上演了，演完之后观众反应很好，有人找我签名了。

**鲁　豫：**第一次有人找你签名吗？

**潘长江：**对，我给他签完之后他说了一句话我就蔫了！他说：“谢谢你，赵老师！”他以为我是赵本山啊！

## 住进北京的第一天我一宿没睡觉，看着天上的星星说，北京的天跟咱们老家的天就是不一样呢

时隔三年，潘长江有了第一次上春晚的机会，但这次演出并没有获得期望的反响。直到1993年的除夕之夜，他才一炮而红。那一次，潘长江和老搭档黄晓娟共同合作的电视小品《桥》让亿万电视观众记住了这个能歌善舞的小个子演员。

**鲁　豫：**等了三年，险些又被删掉了？

**潘长江：**导演觉得小品中潘长江跟黄晓娟搞对象谁能相信？黄晓娟再瞎也不能看上潘长江啊！黄晓娟一米七一的个子，我潘长江才一米六零，就算是小品，我们俩也不可能会搞对象。好在有个导演比较喜欢这个小品，他说如果换掉潘长江，让唐国强来演这个角色，那小品就

不存在了，完全没有戏剧因素了。后来我们“大练兵”，每次演出效果都特别好，最终上了舞台，与大家见面了。可能因为这个小品比较新颖，大家从来没有看到过小品里面又是唱歌又是舞蹈的，事实证明这种创意还是受欢迎的。

**鲁　豫：**“大练兵”的时候是不是都有人跟着？

**潘长江：**对呀，导演组的人要跟着看下面观众的反应，效果好了就会考虑通过这个小品。

**鲁　豫：**这次上完春晚之后感觉就不同了吧？

**潘长江：**立竿见影，立马就有人找我签名，还有人给我写信，也没人叫我赵老师了（笑）。最重要的是，演出费也上去了。

潘长江：你们家有个饲养场对吧？

阎淑萍：对啊。

潘长江：种蛋归谁管？

阎淑萍：我嫂子。

潘长江：电器孵化归谁管？

阎淑萍：我哥。

潘长江：这不就得了吗？你嫂子管蛋你哥抱窝吗？

阎淑萍：那你也不是高峰。

潘长江：哎呀我的妈，费了这么半天劲我怎么就还不是高峰呢？

阎淑萍：科技致富你不懂，你纯粹是瞎胡蒙。

潘长江：你才不懂呢！

阎淑萍：你不懂你不懂你不懂你不懂，你们家水上面种西瓜啊？

潘长江：看来不给你拿点真玩意儿你是不能真相信我的，你看看啊，这是现代科技无土栽培，水箱里装上营养液，你种瓜得瓜种豆得豆。

阎淑萍：种个羊羔，长个大牛。

潘长江：你再看看我最新培育的四四方方大西瓜。姑娘请看。

阎淑萍：呀！

潘长江：妈呀，拿错了。

阎淑萍：我的照片怎么到你手了？

潘长江：你忘了，你们村闹鸡瘟的时候，是我给你开了一张药单，你给我写感谢信的时候给我夹了一张照片。

阎淑萍：那你真是高峰？

潘长江：嗯，实在对不起，真是抱歉，我不是你心目中的偶像，实在是让你大失所望。

阎淑萍：我失望啥呀！

潘长江：不是……因为……我，嗯，嗯，嗯。

阎淑萍：小又不是缺点，秤砣小压千斤，胡椒小辣人心！

潘长江：对，这话我爱听，雷锋同志个不大，他的精神传天下；董存瑞个不高，关键能顶炸药包。科学认为：凡是浓缩的都是精品！

——音乐小品《过河》片段

《过河》是潘长江小品生涯中里程碑式的作品，一年之后，他的生活也随之发生了一次大的转折。1997年，潘长江考入解放军二炮文工团，成为一名穿军装的演员，一家三口也由东北老家来到了北京，在外闯荡多年的潘长江终于在北京有了自己的家。

**鲁　豫：**可能很多人还不知道，你的军龄已经十多年了。军衔是什么？

**潘长江：**大校，正师级别。

**鲁　豫：**有希望升少将吗？

**潘长江：**我想啊，特别想，但是暂时不行，还得有成绩。

**鲁　豫：**对你来说，一路走来，从铁岭走到北京，心里感慨万千吧？这么多年，多不容易啊。

**潘长江：**其实是很难的一件事，你想，从一个小小的铁岭市来到祖国的首都。

**鲁　豫：**赵本山说过，铁岭是一个大城市。

**潘长江：**挺大的一个城市，捏鼻子喘气能把城市走一圈儿（笑）。

**鲁　豫：**你还记得自己带着全家老小住进北京新家时候的情景吗？

**潘长江：**住进北京新家的第一天我一宿没睡觉，看着天上的星星说，这北京的天跟咱们老家的天就是不一样呢！我妻子问，有啥不一样的？我说北京天上的星星看不清楚，铁岭的星星看得清楚。但是北京的夜景就是不一样，文化氛围也不一样，而我也终于穿上了梦寐以求的军装，演艺之路更宽广了。

## 男人嘛，应该有点自信，无论个儿高还是个儿矮

进入解放军二炮文工团后，潘长江不断进行小品多元化开发，由《过河》改编的音乐电视获得了1998年度央视MTV大奖赛的金奖，主演的《飞虎队》《绝处逢生》等影视剧也获得了很大的反响。由小品《过河》改编的电影《明天我爱你》更是在2000年度百花奖评比中大放异彩，潘长江摘得了影帝桂冠。

**鲁　豫：**《过河》改编的MTV里你抱着一条大鱼，看起来特逗！

**潘长江：**其实非常难拍，那条鱼得有15斤。有经验的人都知道，鱼在水里的时候，你再大的劲也斗不过它。拍的时候我在水里将这条大鱼抓起来不容易，活鱼肯定是抓不起来的，要做点手脚。

**鲁　豫：**拍的是条死鱼？

**潘长江：**不是死鱼，是一条醉鱼。从市场买来后给它灌了四两二锅头，拍后我一只手抱着它的头，另一只手抱着尾巴，还不停地摇，看起来就像是鱼在动。后来一看，这条鱼被我给摇吐了（笑）。

**鲁　豫：**鱼也会吐啊？

**潘长江：**对啊，我一看鱼嘴旁边都是沫子，指定是吐了。

**鲁　豫：**我听说你受欢迎的程度超出自己的想象，去演出的时候自己都走不进剧场？

**潘长江：**记得有一次我坐一辆依维柯到剧场去，一到后门还没下车，一千多名观众把车给围住了，还有人拍窗户大喊："潘长江下来，潘长江下来！"我在车里头将帽檐一拉，蹲里头不敢出来。可我得进剧场啊，我得演出啊，最后硬着头皮下车了。大事不妙了，从下车开始我脚就没沾过地，足足有十五分钟我都觉得呼吸困难。

**鲁　豫：**那么多人都围着你，没有保镖吗？

**潘长江：**没有，只有一个经纪人，两个剧场工作人员。快要将我挤到窒息的时候，经纪人赶紧报警，来了20多个警察，我才算得救了。

**鲁　豫：**这就是成名的代价吧？

**潘长江：**我觉得挺值的，要到哪里都没有人欢迎你，你就会觉得难受了。我记得有次在河南演出，一进场就有很多武警手牵着手连成人墙，像夹道欢迎似的。我不知道你们看没看过一个新闻，周星驰去哪里演出的时候，他戴的帽子被现场观众给抢走了。我那次也是，正低头往前走呢，就听头上“啪”一声，一只大手扣我脑袋上，然后帽子就不见了。还有一观众在下面掏我一下，掏我私处，当时我的火就上来了，这观众热情也不能热情到这份上，往哪儿抓呢！要叫我逮到你，我非得掏你一次不行。那是我有失纯洁的一次，提起这件事我就很伤心。

**鲁　豫：**哈哈，你太逗了，生活中也是这样吗？

**潘长江：**生活中不是这样。

**鲁　豫：**但我知道你在生活中特别自信，经常会拿自己的身高开玩笑。

**潘长江：**男人嘛，应该有点自信，无论个儿高还是个儿矮。

早已熟悉潘长江的热心观众，都叫他“袖珍男子汉”。在他自己看来，那辨识度极高的袖珍身材是促使他成功的一个重要因素。

**潘长江：**我虽然个儿小，但我性格上是个十足的东北猛男。这不个儿小嘛，我一定要买个大车！穿衣服也要穿大衣服（笑）！那时我买了一辆很大的凯迪拉克，在长安街上正开着呢，一个交警把我拦下了，我靠路边停车下来的时候交警就笑了，说：“老潘，是你啊，我还以为无人驾驶呢！”

**鲁　豫：**是不是你闯红灯交警也不罚你，见是你，一乐就算了？

**潘长江：**哪儿能啊！不过我从不违反交通规则，我是一个特别好的司机。

**鲁　豫：**但大家一看到你，第一反应就是乐。

**潘长江：**可能是因为我长得比较有喜剧效果吧，大家看到我都想笑，无论是警察，还是商场售货员。有一次我去商场买东西，我问售货员价格，那女孩一见是我，低头就“嘿嘿”地笑，也不告诉我多少钱。

**鲁　豫：**以你的身高演喜剧也算种优势吧？

**潘长江：**太有好处了！还有一点我不知道你有没有发现，如果个子很高，比如一米八、一米九，他跳舞肯定不好看。但是你到小学里去，那些七八岁的孩子，就算他没学过舞蹈，他跳出来的舞也好看，因为他天真可爱，我就属于特别可爱型的。

## 他们家不同意我们俩在一起，第一嫌我是唱戏的，第二嫌我个子影响下一代，第三我姓潘

现在的潘长江说起身高来虽然洒脱，年轻时却因为个子在恋爱上颇为曲折。幸运的是，23岁那年，他遇到了生命中最重要的女人——杨云。杨云是个地地道道的农村姑娘，但长相俊俏而洋气，给当时还在唱评剧的潘长江留下了深刻的印象。

**鲁　豫：**太太杨云是你们家领导吧？

**潘长江：**我们家男主外，女主内，我在外面打拼事业，她在家照顾孩子。我是男人嘛！当然什么事是我说了算！

**杨　云：**大事都是他说了算。

**潘长江：**对，大事我说了算，小事归她管。

**鲁　豫：**你们家有大事吗（笑）？

**潘长江：**七八年了，还真没有呢（笑）。

**鲁　豫：**你们俩从认识到现在多少年了？

**杨　云：**二十五年了吧。

**潘长江：**咱结婚都二十六年啦！

**杨　云：**真的？

**潘长江：**当然是真的，赶紧当鲁豫的面说，你那一年都干啥了？

**杨　云：**不是不是，我这人数字概念不好……其实我也是装糊涂，我能不知道吗？我这不是为了显示你的高大嘛！

**潘长江：**我们俩第一次见面的时候，我还在评剧团工作，有一次到铁岭县的一个乡演出，那会儿她是播音员和打字员，我一见到她就觉得这姑娘不像是农村的，长得特别好看，也特别洋气。

**杨　云：**第一次见面，我对他印象不深，其实没注意到他。

**潘长江：**我可注意到你了！我当时正在台上演出呢，一瞥后台，哇！有个靓女！那时候她就靠在后台的一个桌子上，梳着两个羊角辫，特别清纯。

**杨　云：**当时他母亲也相中我了，说儿子你有能耐把那个小播音员给我娶回家来吗？老潘说，没问题！妈你在家等着吧！其实他是说了一句大话，我当时对他真是没有一点好感。

**潘长江：**那时候有很多人追她，我排不上号，至少有五个比我优秀的男孩子都在追她呢！

**鲁　豫：**那你怎么脱颖而出的？

**潘长江：** 是她自己羊入虎口了（笑）。

**杨　云：**我那时候也爱唱，就想去学习唱评剧，刚好他母亲是我们那边著名的评剧演员，我就登门去他家拜师学唱去了。

**潘长江：**我一看这都送上门来了，我哪能叫她跑掉啊！我妈教她唱，我就在旁边给拉二胡伴奏，一来二去就给拉上了（笑）。

**杨　云：**是有“预谋”的，我一到他们家他母亲就给我们俩制造机会，让我们俩一起去看戏什么的。有一次正看戏呢，他说，我们俩处朋友吧！我说我们现在已经是朋友了，他就说，是再进一步的朋友。我一下就明白了，我说这我可做不了主，我得和家里商量一下。

**鲁　豫：**是真的要和家里人商量还是拒绝他的借口？

**杨　云：**那时候我们俩真的有距离，我还真是没看上他呢，但是在他家那段时间慢慢感觉到他还不错，而且那时候不像现在那么开放，我确实得跟家里人商量，让家里人给意见。

**潘长江：**他们家看不上我，给了三个理由表示不同意我们俩在一起：第一，嫌我是唱戏的，第二，嫌我个子影响下一代，第三，我姓潘。

**鲁　豫：**这和你姓潘有什么关系？

**杨　云：**那会儿不是从杨家将过来的嘛，杨家将是被潘仁美家族给害死的，所以家里说潘杨不结亲。

**鲁　豫：**到最后怎么走到一起的呢？

**杨　云：**他说了一些话把我和家人给感动了。

**潘长江：**当时我是正式工人，她不是正式的。我就给她们家里人说，你将来不转正，就算是农村的我也养着你，哪怕是要饭，我给你要干的，我吃稀的。

**杨　云：**很感动，而且结婚后他确实很会疼人，即便到现在也是如此。刚结婚的时候，我们团的院里没有水，也没有下水道，要去外面拎水，用完再一桶桶往外面拎脏水，这些都是他干，他是一点体力活都舍不得让我做。东北的冬天特别冷，我下班回家脚都冻得没知觉了，每次回到家他都给我焐脚，我嫁给他是三生有幸。

**潘长江：**你嫁我没嫁错，我娶了你也是我的福气（笑）。

**鲁　豫：**如今潘长江不仅在事业上是成功的，当初那些优点也都发扬光大了，甚至比以前更好。他们的女儿也很争气，考上了解放军艺术学院，也走上了从艺的道路。

潘长江的女儿潘阳出生于1985年，受到父母的影响，从小就热爱文艺，2004年考入解放军艺术学院的声乐专业，主攻通俗歌曲。

**潘　阳：**父母都是搞文艺的，我从小就受到熏陶，喜欢上了音乐和表演。我觉得音乐是世界上最美的东西，因为它没有固定的画面或者影像，全都是精神上的。音乐，经常能让我陶醉！

2008年，从解放军艺术学院毕业的潘阳选择以歌手身份进军娱乐圈，先是在父亲的电影《别惹小孩》里主唱片尾曲《我和你的夏天》，又紧锣密鼓地发行了首张专辑《大道理》，用十首歌曲演绎上世纪80年代原生态的唯美爱情故事。

**潘　阳：**我觉得自己是在爸爸的光环下进入娱乐圈的，他对我有很大支持，人家总会介绍说“这是潘长江的女儿潘阳”。我知道这没办法控制，心里却挺着急的，我很想告诉爸爸和所有关爱我的人：我已经准备好了一个人去闯世界。有时候我会担心大家不喜欢我怎么办？会不会给爸爸丢脸？但我很幸运，爸爸一直在身边保护我，不是进入娱乐圈的每个新人都有这种幸运的。当然爸爸只是给我开了一个好头，接下来就要靠自己的真本事说话了，我想靠自己的努力做出成绩来。

如今的潘长江对家庭有了更新的认识，左边是贤惠善良的妻子，右边是漂亮懂事的女儿。在他拍摄的一部MTV——《两个对我恩重如山的女人》中体现了他对家庭的新思考。

两个对我恩重如山的人
你们不要再争
我对谁的感情最深
你们越是追问，我越是心急如焚
两个对我恩重如山的人
两个带给我生命无时无刻不精彩的女人
疼你们一生是我的责任

我这样的男人，平凡一生
对家庭还是比较认真负责任
绝不可能一不留神对爱情不忠贞

男人外表坚强，有时显得迟钝
内心其实很脆弱，柔情几分

当我发现老妈又加深了皱纹
心就会酸好一阵

我在外面像秒针
再大的风雨我自己忍
回到家也需要，享受你们温暖的气氛
所以两个对我恩重如山的人
你们不要再争
我对谁的感情最深
你们越是追问
我越是心急如焚

两个对我恩重如山的人
两个带给我生命无时无刻不精彩的女人
疼你们一生是我的福分

昨天我请老妈大吃一顿
今天就亲自下厨为太太煮云吞
我一向对太太百依百顺
老妈是我的超级至尊
既然我们朝夕晨昏
就该珍惜这天赐的缘分
不要让任何人打破这温暖的气氛

# 赵本山

## 我、小沈阳和众弟子

## 人物小传　赵本山　1958年生于铁岭开原市莲花村

国家一级演员、中国曲艺协会会员、辽宁省政协委员、铁岭市形象大使。被观众誉为“红笑星”、“小品王”、“土神”、“东方卓别林”、“中国笑星”等。在《刘老根》《马大帅》《乡村爱情》等系列电视剧中担任导演和主角。

刘　流：国家二级演员，创作参演了多部优秀的相声、小品及影视剧，如《马大帅3》中的“胡庆海”，《乡村爱情2》中的“刘大脑袋”和《关东大先生》中的男二号“哈贝勒”。

于月仙：毕业于中央戏剧学院表演系92班，赵本山的妻妹。饰演了《乡村爱情》里的“谢大脚”，《马大帅2》里的“哑女”，《马大帅3》里的“刘佩云”。

小沈阳：原名沈鹤，2001年参加第一届“本山杯”二人转大赛获得铜奖，后成为赵本山弟子。2009春晚与赵本山、毕福剑、毛毛搭档演出小品《不差钱》，获得小品类一等奖。2009年6月参演张艺谋新片《三枪拍案惊奇》。

沈春阳：二人转演员，小沈阳的搭档及妻子。

王小利：首届“赵本山杯二人转大赛”金奖得主。先后饰演了《刘老根2》中的“宋秃子”，《乡村爱情1、2》中的“刘能”，以及《乡村名流》中的“刘一手”。

李琳：二人转演员，王小利的搭档及妻子，先后饰演了《乡村爱情1、2》中的“谢兰”和《乡村名流》中的“白玉兰”。

王亚彬：青年舞蹈家，多次获得全国舞蹈比赛一等奖并参演央视春晚担任领舞。在《乡村爱情》中饰演“王小蒙”一角。

## 做什么没想过，就是想进城，这城不是北京，不是沈阳，是铁岭

“真正的大作品一定生在乱石嶙峋的海滨，而不是大理石修过的海滨；真正的大海一定有好多泥沙，真正的民间艺术也可以有泥沙。”这是余秋雨对赵本山的评价。

十几年前，来自东北黑土地的农民演员赵本山，把乡间的笑声带上了中央电视台春节晚会，使辽北小品这种原生态的诙谐艺术在全国迅速蹿红。

舞台下的本山大叔还是个好师傅，带出的徒弟个个身怀绝技，三十载红尘漂泊的背后，他许下了怎样的平凡心愿……

赵本山出生在辽宁省铁岭市开原县莲花乡，在家排行老幺，上有两个哥哥、一个姐姐。20世纪50年代末正是三年灾害伊始，一家人难得吃上一顿饱饭。五岁那年，赵本山的母亲不幸病逝，不久，父亲逃荒远走他乡，赵本山沦为孤儿。

**鲁　豫：**你们村里的人都管你叫老三是吗？

**赵本山：**因为在家排行老三嘛。

**鲁　豫：**小时候家里很苦？

**赵本山：**那不用说了，真是非常艰苦，但我觉得那时候也很快乐。穷的时候盼望着过年，过年就能领到俩鸡蛋，或者吃上一顿白米饭。有时候是买几斤肉，能美美地吃上一顿饺子。这一顿吃下去，几天都不用吃饭了。小时候真是一顿饱饭就感觉到无比的幸福。那时候我二叔经常在家里吹拉弹唱什么的，我也跟着学，还挺活跃，经常自己唱上两句，上小学的时候在乡里已经有点名气了，大家都知道这么个人挺好玩的。

赵本山没有受过正规的艺术教育，他的老师是乡里乡亲的民间艺人，因此，他始终以为表演应当贴近老百姓。

虽然自幼对表演有着天然的喜好，但小小年纪便入行闯江湖却是家庭现实所致。

六岁的孤儿赵本山为了填饱肚子，开始跟着二叔学艺。二叔是一位盲人，他让赵本山打下了最初的功底，拉二胡、吹唢呐、抛手绢、打手玉子、唱小曲等样样精通。17岁的时候，赵本山进了公社的文艺宣传队，拿手好戏便是“二人转”，当时他最大的愿望是吃上饱饭，唯一的理想是能够进城。

**鲁　豫：**进城做什么？

**赵本山：**没想过，就是想进城。那时候说进城是指我们县城，不是北京，不是沈阳。我那时候甚至连铁岭都不知道，只知道我们县城很大，知道“铁岭”这个名字。有多大？根本没概念。

**鲁　豫：** 你那时候已是公社宣传队的一员了，还担心会吃不饱吗？

**赵本山：** 进宣传队就不担心了。我为啥不念书了，就是想早点进宣传队，在挣工分的同时一顿饭还有三个大饼子吃，个个像鞋底那么大，那就可以吃饱了。当时经常走街串巷地去演出。

**鲁　豫：** 那会儿演一场能给多少钱？

**赵本山：** 有时候给几个鸡蛋。过年过节的时候如果演一场，一个演出队能给十来块钱，一个人分到几毛钱。

**鲁　豫：** 演出的时候下面反映好吗？

**赵本山：** 好，观众爱看我们演，都乐，我们那个团在附近几个村小有名气呢。

20世纪80年代初，年轻的赵本山在辽宁已经小有名气。1982年，辽宁省举办第一届农村小戏调演，赵本山在拉场戏《摔三弦》中扮演盲人张志。惟妙惟肖的模仿让赵本山获得演出一等奖，并因此进入铁岭县剧团，担任主演和业务团长。

**赵本山：** 《摔三弦》演完之后虽然反映很好，但也出了事。因为我演的是一个瞎子，演完之后盲人协会就组织了70多个盲人上电视台和剧场找我，说啥要剜我的眼睛。他们觉得我们是在取笑盲人，其实都是睁眼人搞的鬼。后来我们请一些盲人到剧场看戏，为残疾人会演，还捐款，都解释开了，起初确实闹得挺厉害。

**鲁　豫：** 听说只要你在东北演“二人转”或者小品，就有观众笑到岔气，还有犯心脏病的？

**赵本山：** 的确有这种情况，我在同一个剧场里演过300多场，那是我在沈阳最火的一年。

《摔三弦》成功之后，赵本山又与搭档潘长江上演了轰动东三省的《大观灯》。就这样，从铁岭农村走出来的小孤儿终于进城了，而且是一步跨进了北京城，站在了央视春节联欢晚会的舞台上。

1990年，赵本山第一次上春晚，演出的小品叫《相亲》，彩排时，他见到陈佩斯还掏出本子让人家签名，“有一种农村人进城的感觉”。

那一次，他扮演的“徐老蔫”特别招人喜欢，小品中的对白也成了中国人日常生活中的经典段子。更让他意想不到的是，他的演出为整个东北的民间艺术闯出了一片天。

时间：现代

地点：公园

人物：男青年（30岁）、女青年（28岁）

男唱：没有花香，没有树高，我是一棵被人冷落的小草，又是寂寞又是烦恼，你说我的心情它呀怎么能够好！

赵本山：小伙儿今年三十整，媳妇问题还是零，没媳妇的日子不好过：洗衣做饭不用说，晚上还没人暖被窝。隔壁媒婆儿来撮合，说邻村姑娘挺不错，说啥也得试一下。这不今儿个约好公园见个面，第一次开始地下工作！接头暗号，看《××晚报》！

黄晓娟：姑娘今年二十八，一朵鲜花要耷拉。今天来相亲，心里是七上八下。为啥？因为我这长相跟实际年龄有一定偏差，不知道的还以为我是三十八。不行还得再收拾一下。（做涂脂抹粉状）当户理红妆，对镜贴花黄，化妆和不化妆的效果就是不一样，我这一收拾还真有点七仙女下凡的模样！接头暗号《××晚报》！

赵本山：您就是——

黄晓娟：我就是蔡花，蔡花的蔡，蔡花的花。

赵本山：啊，是菜名啊。我姓刘，叫刘四儿，刘四儿的刘，刘四儿的四儿，反正都一回事儿。这是我的名片，请审查，不是，请过目，不是，请留念，也不是——

黄晓娟：（皱眉头）这字儿我不认识啊，看不懂。

赵本山：啊，都是我自己写的，一般人看不懂，太潦草了点儿。

黄晓娟：不是潦草，根本就没这么个字儿，左边一个文右边一个刀这不念刘啊？

赵本山：我不是想文武双全嘛！

那我自我介绍一下吧……我姓刘……

黄晓娟：叫刘四儿。

赵本山：我的妈呀，你咋知道的？

黄晓娟：刚才介绍过了。

赵本山：啊，对对，说过了。政治面貌：又黑又瘦；婚姻状况：未婚！未婚——就是还没有结过婚！

黄晓娟：这还用说吗？

赵本山：必须说，很多人以为我是二婚！性别：男……

黄晓娟：这个也不用说。

赵本山：必须说！有些人老在我背后议论我，说我没有男人味儿，越看越像老娘们儿，我想大声地郑重地严肃地对他们说："我不是老娘们儿，我……是正宗的大老爷们儿！"

黄晓娟：（笑）我知道你是男的。

赵本山：我真的是挺难的！

——小品《相亲》片段

## 一上春晚就后悔，寻思着明年一定不来了，可第二年快过年了，心里跟刺挠似的，还想来

一顶永远扶不正的“钱广帽”，一身灰不拉几的破衣裳，便是赵本山在舞台上的全部家当。虽是貌不惊人，行头寒碜，但赵本山却能用实实在在的喜剧效果令观众捧腹。几年之间，赵本山的小品成了春节晚会的头号金字招牌，如果说春晚是赵本山走红中国的背后推手，那么赵本山也让全国观众对春晚多了一份期待。

……

高秀敏：啊，拐了噢，拐啦，拐了噢！拐啦，拐啦！拐啦！

范　伟：我说你瞎指挥啥呀你啊？你知道我要上哪你就让我拐呀你啊？

赵本山：喊卖。

高秀敏：卖噢！卖！

赵本山：卖啥呀？

高秀敏：拐。

赵本山：连上。

高秀敏：拐卖了噢！拐卖了！

范　伟：嗯？怎么回事儿？谁要拐卖你呀？

高秀敏：不是，他拐卖了。

范　伟：你要拐卖呀？

赵本山：你啥眼神啊，拐卖，拐卖我能拐卖这样的，你买呀？

……

赵本山：站下，非常严重。

高秀敏：啥呀？

赵本山：太严重了。

范　伟：说啥呐？

赵本山：呵呵，没你事儿。

高秀敏：什么玩意儿严重啊？

赵本山：应该告诉他，不告诉这病，危险。没事儿，我这看出点问题来，媳妇儿不让我说，你也不能信，你走吧，没事儿，呵呵，没事儿，走！

范　伟：神神叨叨的，你可真是……

赵本山：这病发现就晚期！

范　伟：你怎么回事啊？大过年的说点好听的！怎么回事儿！

赵本山：别激动，看出点问题来，哎呀，说你也不信。

范　伟：你得说出来我信不信呐，怎么回事儿啊？

赵本山：先不说病情，我知道你是干啥的！

范　伟：咳咳，还知道我是干啥的，我是干啥的？

赵本山：你是做生意的大老板——

范　伟：啥？

赵本山：那是不可能的。

范　伟：废话，大老板有骑这个出来的吗？

赵本山：在饭店工作。

高秀敏：你咋知道他是在饭店呢？

赵本山：身上一股葱花味。你是不是饭店的？

范　伟：那……你说我是饭店干啥的？

赵本山：颠勺的厨师！

范　伟：咦？

赵本山：是不？

高秀敏：哎呀，你咋知道他是厨师呢？

赵本山：脑袋大，脖子粗，不是大款就伙夫！

……

赵本山：在最近的一段时间内，感没感觉到你的浑身某个部位，跟过去不一样了。你想，你使劲想，真的。

范　伟：我没觉着，我就觉着我这脸越来越大呀。

赵本山：对了，这不是主要病症！你知道你的脸为什么大吗？

范　伟：为啥？

赵本山：是你的末梢神经坏死把上边憋大了。

——赵本山经典小品《卖拐》片段

**鲁　豫：**你这个经典形象是谁帮你设计的？

**赵本山：**就是我自己。小时候看《青松岭》，我喜欢里面的钱广，他就戴着一顶帽子，那以后我就戴着一顶一模一样的帽子。这帽子跟我三十年了，看着它我就想到自己年轻的时候。如今已经不能戴了，碰到哪儿就烂一窟窿往下掉渣，同种款式的我也有几个。这么多年了，一上台演出就要戴这种帽子，已经成为一种符号了。

多年来，娱乐圈光怪陆离的流言和传闻似乎始终与低调行事的赵本山无关。然而2004年春节前夕，赵本山却忽然跃上各大媒体娱乐版，成了被爆炒的热点。2004年1月4日，在首届CCTV喜剧小品大赛颁奖晚会的直播现场上，由赵本山弟子出演的“二人转”按照事先的节目计划登场演出。第二天，有媒体爆出这场“二人转”实际上是在没有完成演出的情形下被导演强行终止的，不仅如此，三十秒钟之后，在晚会直播现场担任评委主任的赵本山当着亿万观众的面，指责这是对演员的不公。

赵本山发火了，这在中国电视史上似乎是头一遭。一夜之间，“赵本山叫板央视”、“极有可能被封杀”的小道消息以最快的速度蔓延。

**赵本山：**我觉得我是一个有正义感的人，不会违背大的原则。对于这件事情我处理得不太妥当，当场对央视发火，在那种场合可能不得体，毕竟是中央电视台的现场直播。对于这件事情媒体一直炒作，说我叫板央视、跟央视作对什么的，这不是真的。我那天只是没有压住火，冲动了，我不可能跟中央电视台作对，我总不能给自己过不去吧！

**鲁　豫：**当时为什么不等节目结束以后跟导演沟通呢？

**赵本山：**我当天是评委，在那种场合等于已经把球传到我这里了，我只有踢出一脚。我的徒弟当天被请来也是节目组定的，演之前节目组都已经审查过了，临上台我还叮嘱徒弟们要注意点演，毕竟这是中央电视台。当时演出没结束被叫停，我受不了。我性格比较直，心里有话就想说出来，因为在场有很多记者，我当时不说就没机会了，但不知道第二天他们会写出什么样的事情来。毕竟这不是我一个人的问题，我的团体代表着一个地方的文化。

事后，晚会导演在接受媒体访问时解释说，中途打断演员表演，主要是因为他们的表演超过了原定的节目时间，其中很多内容是晚会彩排时没有的。而那一夜，赵本山之所以压不住火，也与东北“二人转”始终难以正名的现实压力不无关系。

**鲁　豫：**如果几年前也碰到这种事，你会这样做吗？

**赵本山：**几年前要碰到，我可能仍然会这样。我第一年上中央电视台来，就跟他们吵过，他们也都知道我性子直。

**鲁　豫：**其实你心里很有数，知道自己的后台重，所有的观众都在后面给你撑腰呢。

**赵本山：**那倒没有，这些年来，我每创作一个作品都要想观众们是否会喜欢。身为一个演员，观众们喜欢你，你就有价值；不喜欢你，你就什么都不是。什么艺术大师、艺术家，千万不能听这个，你就是一个演员！

2004年1月4日的那一夜，板着脸说完话的赵本山演唱了电视剧《马大帅》的主题歌，现场僵局算是得以缓解。在之后的央视春晚上，赵本山也“如约”奉上了小品《送水工》。

> 赵本山：叮咚……（敲门）
>
> 高秀敏：呀！我儿子回来了，我这爹还没给雇着呢（焦急），儿子，儿子（走到门口，开门）。
>
> 赵本山：看准了，这么大岁数，你就喊儿子，你有这么大儿子，除非提前用大棚扣住了。
>
> 高秀敏：对不起、对不起（自言自语），这爹不来了吗？他爹？不，儿子？不，大哥。
>
> 赵本山：你干啥？！弄准喽，这一进门就给订仨职称！
>
> 高秀敏：我忙着呢，大哥我求你帮个忙呗。

赵本山：帮啥忙，说吧。

高秀敏：给我儿子装回爹。

赵本山：给你儿子装爹？

高秀敏：就是给我装老伴。

赵本山：啥意思？

高秀敏：来，这二十块钱给你，你把这衣服脱喽（上前替赵脱衣服）。

赵本山：哎（吃惊并躲闪）！

高秀敏：把那衣服脱喽。

赵本身：你干啥玩意儿呀，我可是正经人呐！

高秀敏：大哥，谁不正经人啊？

赵本山：（整理衣服）正经人你花二十块钱就扒老头衣服？你啥玩意儿！

高秀敏：（拿衣服）大哥你误会了，你把那个脱了，把这个穿上，我儿子马上到家来不及了。

赵本山：你儿子咋的了？

高秀敏：我儿子今从国外回来，我儿子是研究生。

赵本山：研究爹的？

高秀敏：不是。

赵本山：那研究爹研究自己爹啊，拿谁研究谁？

高秀敏：他没爹，有爹我能让你装爹吗？

赵本山：咋回事？

高秀敏：大哥你听我慢慢给你说，我儿子出国留学那年吧，正好赶上我下岗，我儿子听到这个消息说啥都不念非要回来，我跟儿子撒个谎，我说儿子你念吧，我给你找了个最有钱的后爹，其实这孩子是我自个供的，我都供了六年了，你看我这手……大哥，我怕儿子回来一看不是那么回事，他又不安心读书了。

赵本山：别说了，我明白了，你根本没这个事，跟儿子撒谎，儿子读成回家就说我要见着这后爹，现在没有，你想拿我替会儿，唉，说明白了你再脱衣服啊！

高秀敏：哎呀，太谢谢了！

赵本山：这忙我能帮。

高秀敏：谢谢，大哥我一看你就是好人！

赵本山：好谈不到，不过在作风上没出过问题！

高秀敏：来，把这眼镜戴上，哎，你别说还挺像！就这么定了，大哥我谢谢你了啊！

赵本山：别，我还有个事，你这二十块钱装多长时间呢？一会儿啊还是一天啊？是不是还得给这儿过夜啊？住哪？

——小品《送水工》片段

**鲁　豫：**很多观众跟我一样，看到你会感觉特别亲切，从1990年开始，几乎每一年的除夕都要看着你的节目才算过年。春节晚会在带给你巨大荣誉的同时也会带给你一些压力，感觉越来越难了吧？

**赵本山：**一上春晚就后悔，寻思着明年一定不来了，可第二年一到快过年了，心里就跟刺挠似的，还想来。

**鲁　豫：**你从哪一年开始有点不太想上了？是因为别人都希望你上，你推不了吗？

**赵本山：**从《卖拐》之后就不太想来了，因为这个小品已经达到一个高峰了，再想超越它很难。央视的领导也盼望着我一上台，几分钟内

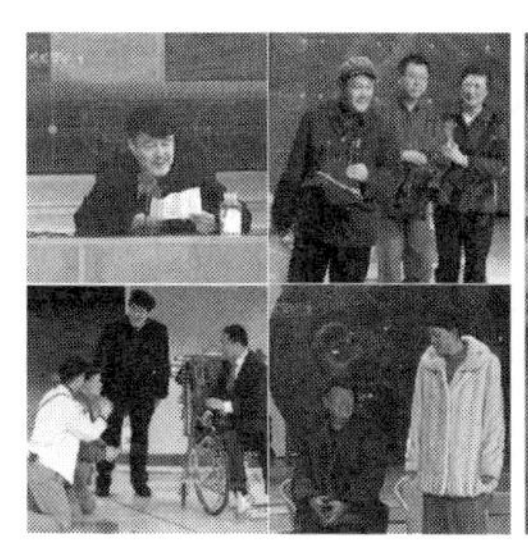

必须有几个包袱，只要你赵本山一上台，大家不笑就不行。

**鲁　豫：**你让别人笑不难吧？

**赵本山：**时间长了也难啊！让你笑舒服了，笑得很健康很不容易，十几分钟的小品要完成一个完整的故事，太难了。

二十年间，赵本山在中央电视台的春节晚会上用他的小品年年为观众送出欢笑，也让他成为中国当之无愧的“小品王”。如今随便在某个网页的搜索引擎上打上“赵本山”三个字，都会弹出数百万条信息和留言。除了如潮的好评外，更有网友为他撰写了一篇古文版《本山列传》：

赵本山，国朝八年诞于北地铁岭，六龄丧母，八岁失父，颠沛于国朝之新兴，流离于年代之火红。农妇哀其羸弱而收养之，盲叔悯其幼孤而舐犊之，风雪中胡琴作苦吟之宫商角，黑土上唢呐奏疗饥之二人转。弱冠之年，山乃投身梨园，寄食江湖，以滑稽搏笑草民；工于小丑，出谐趣取悦乡亲。如是者有年，然则贫贱如故也。

……

计四十一年以来，每逢除夕之会，山必调笑天下，献滑稽于禁宫，出顽笑于大内，嘲匹夫之老猾，讥贪佞之小过，上闻之一笑而罢，下赏之捧腹绝倒，宣谕台不可须臾离，盛世典必得山之技，山乃稳坐国朝滑稽之首席也。

论者曰：山，天赋名伶者也，东方卓氏别林，天下庶几无双者。余则谓：山，识时务之俊杰也，以天赋资材达于人臣之极，上不忤逆，中尽贬讽，下多讥嘲，如此则左右通达，上下皆喜者也，东方朔以降，代有类者，无非正史不载，列传拒入而已矣，今则不然，影视倏尔传扬四海，网络连通无远弗届，山之名动华夏，岂可无传也乎？

是为传。

## 我年轻的时候还算一个挺漂亮的小伙，但穷光蛋一个，啥也没有

曾有评论认为：唱“二人转”起家、土生土长的“土老帽”赵本山顶多能扑腾两年，因为他的小品太地方化。如今，多少个两年已经过去，赵本山的地方风味却为越来越多的人所接受。从小品到电视剧，东北腔调甚至成为一种新风潮，然而事业上愈加顺遂的赵本山却并没有能避免家庭生活中的一波三折。

**鲁　豫：**没和前妻离婚之前就很忙吗？有没有时间关照家里？

**赵本山：**应该是没有，那时候我前妻还在老家农村，后来我给接到城里来，但是我们俩的距离却越来越远了。我提出离婚之前，我前妻的哥哥也曾经说过，实在不行你俩就分开过吧。我做了很长时间的思想斗争，一直没敢给前妻说离婚，我觉得“离婚”这两个字我说不出口。再一个就是我前妻没读过书，没有文化，我怕她胡思乱想，会想不开，反正是斗争了很长时间我才提出来。我提出来之后前妻没有一

点反对，说分开过就分开过吧。

**鲁　豫：**下这个决心不容易吧？我觉得你会担心别人在背后说你。

**赵本山：**我倒是不怕别人怎么说，我就是怕她想不开，出事。

**鲁　豫：**十八岁就结婚，真是挺早的，还是个孩子。

**赵本山：**我那时候宣传队黄了，没地方去了，我老婶就说给我保媒，让我赶紧结婚，结婚就有地方住了。因为经常演出，各村人都知道我，我年轻的时候还算是一个挺漂亮的小伙，但也是个穷光蛋，啥也没有。我前妻她也是自己过的，没嫌弃我，就把她的东西拉过来，我们临时找一个小炕，我姐给我弄一床被，就算是结婚了。说实话我那时候结婚很多人都羡慕我，因为我们村里有好几个光棍找不上媳妇呢。虽然这样，我心里还是有点失落，人生就这样了。结婚之后她倒是挺关心我的，我在农村就是个二流子，干活质量不高，都是她帮我干，一起过了十二年。

离婚之后，赵本山最牵挂的是与前妻生下的女儿。时至今日，他都认为自己最对不起的便是闺女。

**赵本山：**我觉得挺对不起她的，但是真的没有办法。在我第一次跟女儿谈我和她妈妈离婚的事时，她才十几岁。我那时已经有车了，一辆小夏利。有一次，从天津开车去沈阳，我女儿也在车上，半路我就问她，我说我跟你妈妈分开过，你跟谁？孩子当时就哭了，不愿意看到我们分开。当时有一幕，我和媳妇去派出所把离婚手续办完，回到家就看见女儿在窗户那儿哀伤地看着我们，我这心里呀，实在是受不了。

**鲁　豫：**现在女儿长大了吧？

**赵本山：**对，现在很懂事了，经常会打电话问候我，最近好吗？快乐吗？也不要求我什么。其实这些年来，我一直都关心着她，让她读书什么的，音乐学院、外语学院、警官学校都读了，就是没记住，读完之后也全忘了。

**鲁　豫：**大女儿现在该谈男朋友了吧？你会干涉她的感情生活吗？比如帮她把把关？

**赵本山：**管不住啊。我大女儿很好的，因为是在农村生的，她跟我说了一个比较有道理的话，她说："爸爸，我找对象呢，就是按照我的标准去找，我不能按照人家家庭条件去找，我自己是农村出来的。"她还这么看问题，我说你只要幸福就行，无论找谁，你自认为是幸福的，爸爸就拥护。

**鲁　豫：**那她找的你同意吗？

**赵本山：**不同意嘛（笑）。

**鲁　豫：**心里不同意，但还是表示同意。

**赵本山：**虽然不同意但我没说过，她妈是死活不同意，甚至要跟她断绝关系了。我说你这是多余的事儿，只要孩子感觉幸福就行了，咱别管了，这事儿也管不住。最后假装黄两天，又好了，而且人家小男孩儿还整点儿安眠药啥的吃了，这回我听出来了，她妈妈受触动了，幸亏发现挺及时，都吐出来了。我听着挺害怕的，我说可别啊，那就赶紧跟人家吧！都吃药了，这不是一般的事儿（笑）！

2008年10月6日，赵本山的女儿赵玉芬在铁岭出嫁，赵本山忙前忙后，为女儿举办了一个热闹的婚礼。

如今，赵本山也有了新的家庭，妻子马丽娟是辽宁省戏校的一位教师，每每谈及现在的妻子，赵本山都说自己是一个幸福的男人，对目前的一切，他很知足。

**鲁　豫：**你这一回是自由恋爱了。

**赵本山：**对，我和前妻还没离婚的时候就认识了现在这个媳妇，不是说因为有了她才离婚，可能没有她以后也会离。

**鲁　豫：**你们俩是怎么认识的？

**赵本山：**演出时候认识的，有一次在我们团演出，我就注意到她了，她是一个艺术学校的老师，一个特别有修养的艺人。

**鲁　豫：**你们俩性格像吗？

**赵本山：**不太一样，她是蔫蔫的，属于那种有一百个错误都攒在一起说一回的人。我这个人就是过去五分钟的事都能忘记了。有时候她不高兴我没注意，马上就忘记了，过后不会去安慰她什么的，但是她不行，她会把所有事攒到一起跟你谈一回。这挺要命的。

## 应该让孩子多知道点儿什么是苦难，这样要比正面教育好

1997年大年三十，赵本山率领《红高粱模特队》又一次走进了中央电视台的春节联欢晚会。就在那天夜里，他的妻子马丽娟生下一对龙凤胎。

**鲁　豫：**你有时间管家里的事吗？

**赵本山：**说实话，管家的时候非常少，就算有时间回去看看。我跟孩子所有时间都不统一，我回去见着孩子了，但孩子礼拜天还有作业，还在那儿写，要不就是学完芭蕾学书法，学完书法练散打，整一圈儿。

**鲁　豫：**干嘛让人学那么多呀？

**赵本山：**他妈给安排的。依我，这孩子啥都不让他学，学什么玩意儿，把孩子都累完了。我就看他天天忙，比我还忙，我说你咋比我还

忙呢？在那儿上完芭蕾回来，上楼去了，原来还有一个英语老师在那儿等呢，一直学到晚上10点，孩子洗个澡睡觉了，早上又出去了。我就瞅着孩子不幸福。打地基打得太深了，从小就把孩子弄得坐那儿眼睛都是直的。对孩子的学习上，我跟他母亲多多少少有点分歧，但是毕竟孩子跟母亲待的时间长，对孩子我也不能深说，承担起孩子责任的都是母亲，我没尽到任何责任，我只能是鼓励，孩子愿意跟我玩儿，我就不管学习的事儿了。

**鲁　豫：**考试考不好你说孩子吗？

**赵本山：**我不说。

**鲁　豫：**考多少分都不说？

**赵本山：**不说，考多少分能怎么样啊？他那么小，你让他天天考第一，长大指定是个迷糊人！

**鲁　豫：**你这爸爸当得好！

**赵本山：**我倒不是说不让孩子学习，孩子有一个好的学习习惯是好的，但我觉得不该是那个年龄知道的事儿就别知道那么早。现在的孩子，两岁都知道十岁的事儿了，挺可怕的。应该让他自然成长，他应该知道什么，到什么时候自然就明白了；孩子觉得学习跟不上去对自己脸面不好的时候，他就知道主动学习、自己努力了。

**鲁　豫：**有这样的爸爸真好！

**赵本山：**妈妈不让把孩子交到我手上啊（笑）！孩子上我基地那儿去净玩儿了，基地什么都有，他一玩，啥都忘了，学习确实下降了。现在学习基本能跟上就不错了，原来完全听不进去呀，坐那儿光愣神儿，老师这头说着呢，他那头儿“嗯嗯”假装什么都懂。他说“爸，我老是瞬间就回到别的画面上去了”，想一想就奔玩儿上去了，根本听不进去课。

**鲁　豫：**我记得你说过，有一次儿子考数学考得特别低，你问他怎么回事儿，他还说这分不低啊？

**赵本山：**考了26分啊（笑）。那会儿他还太小，有天跟我说考试了，我说你考多少分？他说26。

我说，"这个……咋才26分呢？"他说："爸，26分高啊！"我说，你这是30分满分还是100满分？你要是26满的，咱还多考了6分呢！他说是100满分，我说哎呀，这完了（笑）！

**鲁　豫：**关键是你的表现太逗了，搁一般家长早就急了。

**赵本山：**不用急，我过去学习也没人盯着我管着我呐。别人说我对孩子教育有一套独特的方法，其实我也没教育啥。说实话，大女儿那么懂事，一点儿闲事儿都不找，这俩孩子又特别好玩儿。儿子11岁了，个儿可大了，脚跟我一般大，我的裤子他现在穿都合适，比我还沉呢！就是吃的呗，生活太好了，最近正往下减呢。儿子特别憨厚，学校老师都喜欢他，人缘特别好，还特别节俭，自己攒矿泉水瓶卖。他每天上学都带一个黑色塑料袋，把同学们扔掉的饮料瓶捡回来，废物利用，还能卖钱。

**鲁　豫：**有经济头脑？

**赵本山：**那倒不是，关键他特别热心，在学校一捐款他就是第一，也不知道跟谁学的，一整他就要捐款一万（笑）。回来我就跟他说，你挣钱了吗？你捐谁钱呢？在这儿一万一万捐？他说我有压岁钱。我说压岁钱也是别人给的，你得自己挣钱去捐。有爱心这点是好的，但是你得挣钱，不能老捐别人的。后来他就在那儿攒瓶子，攒点儿卖钱。我们经常带他到武警学校或是孤儿院，让他去看看那种环境。我们家那天还领来一个孤儿，待了好几天，住着住着，我儿子都不愿意让他走了，这孩子挺有爱心的。富裕家庭很难教育出好孩子，他要同意的话，我直接送到我们小莲花那儿，住我过去那房，住一年再回来他啥都懂了。我希望让孩子知道爸爸过去是干啥的，是怎么回事。现在我把他领到我老家去，我说爸爸过去住这房，他在那儿站半天，想不开："这能住吗？"他老问为什么？其实应该让孩子多知道点儿什么是苦难，这样要比正面教育好。

赵本山拥有独特的艺术直觉，他在十年之中陆续收下了35名"二人转"弟子,个个优秀，而他创办的"刘老根大舞台"从一到二、从二到三，已经连锁了九家，遍及北京、沈阳、吉林、哈尔滨、长春等地。被认为无法登上大雅之堂的"二人转"甚至还远赴北美，为当地华人演出。

2005年，赵本山创建的辽宁民间艺术团改名"本山传媒",他本人也开始了从喜剧演员到文化商人的转型。赵本山第一次导戏就出手不凡，电视剧《刘老根》热播中国。一群生活在东北农村的小人物用有别于都市人的语言和生活方式，把乡村生活演绎成一段段幽默滑稽的民间故事。从《刘老根》《马大帅》再到《乡村爱情》系列，赵本山一发不可收拾。

就是哭，就是闹。一宿一宿不睡觉，手里拿瓶安眠药，拿着小绳要上吊。

电饭锅不使电该有多省呀。不吃饭更省……

你属穆桂英的啊？阵阵落不下你 .。

这玩意儿别头上就是头花，别领子上就是领花，别裤腰带上就是腰花。

有能耐人走，腿留下。

我就一个爹，你就看着办吧！

赵玉田就你一个爹，别人都几个爹啊？

我们是处对象又不是处钱。

这都社会主义新农村了，还能让我喝不上酒？

——《乡村爱情2》

赵本山大部分徒弟都在剧中一一亮相，满口大碴子味儿的东北草根文艺，随着赵本山和弟子们的努力，像野火烧不尽的春草，带着野生的茁壮，红红火火地“转”着，风靡了全中国。

## 头发是我师傅给梳的，抹的啫哩膏、发蜡啥的，而且是带缝儿的

小沈阳、王小利、丫蛋，这些赵本山的爱徒逐渐为全国观众所熟知，他们既是“二人转”发展的推广者，又是受益人。

刘能（王小利饰）：你家这鸡很大，比我家大。

赵四：没有你家大。

刘能：有，不信你杀来看看。

刘能：告诉你……我们家现在是属于干部家庭……

刘能（对刘英）：不带钱你连智商你也不带，我脑袋这点玩意儿你要有一毫米，你就啥都够了。那么远你就走回来？你要参加奥运会是不？练竞走呢？

刘能：我就喜欢救人，特别是喜欢救你们这些有钱人！

刘能：小样，你谢广坤再能，还能能过我刘能呀？

——《乡村爱情2》

**鲁　豫：**我是叫你刘能还是叫你小利？

**王小利：**叫啥都行（笑）！

**鲁　豫：**你怎么说话也是那个味儿呢？头型也和上面一模一样，这么多年一直就留这个发型吗？

**王小利：**对，演出比较方便。

**鲁　豫：**你平常说话结巴吗？

**王小利：**平常不结巴，现……现在，好，好像有点儿了（笑）。

**鲁　豫：**小沈阳平常说话啥味儿？跟王天来说话是一样式儿的吗？

**小沈阳：**我平常说话就挺正常的，有时候也有点儿那个味儿。

**鲁　豫：**你的头发和戏里不一样，里面梳得特别光。

**小沈阳：**是我师傅给梳的，抹的啫喱膏、发蜡啥的，而且是带缝儿的，今儿没整缝儿。

**鲁　豫：**所以感觉你的样子变化比较大。

**小沈阳：**我生活当中挺帅这样式儿的（笑）。

**鲁　豫：**你的性格跟你在电视上演的那个人差别很大吗？

**小沈阳：**生活当中我可稳呐，不爱吱声（笑），平常话很少。

**鲁　豫：**小利平常爱说话吗？

**王小利：**我平常也不怎么爱说话。“二人转”演员基本都是这样，到台上就来神儿了，一般在台下就不咋爱说。

**鲁　豫：**你在舞台上的拿手绝活是什么？

**王小利：**“二人转”呗。我还比较喜欢模仿各种各样的人说话，学得还挺像的，学马三立，学我师傅，还有范伟。

**鲁　豫：**据说小沈阳歌唱得特好？学人唱歌学得特像？

**小沈阳：**一般吧，我喜欢模仿，刀郎那首《冲动的惩罚》还行，尤其是高潮部分。

**鲁　豫：**你们师傅唱歌好吗？

**小沈阳：**他会唱《纤夫的爱》，跟我师娘唱的，还有《天不刮风天不下雨天上有太阳》那个（笑）。

**赵本山：**其实我很少唱歌，除非喝点儿酒，感觉胆儿大了。一般我唱歌都是自己享受，别人痛苦。

**鲁　豫：**唱“二人转”的人嗓子都好，怎么会呢？

**赵本山：**可能因为我现在年龄大了，嗓子就不好了。

**鲁　豫：**是不是因为喝酒喝的？他们说你特能喝酒？

**赵本山：**还行。

**鲁　豫：**还行是什么意思？

**赵本山：** 就是还挺能喝的（笑）。

**鲁　豫：** 有人说你靠喝酒还赢过一辆车呢？

**赵本山：** 也不算是赢的吧，那是很早的时候，我到山东荣城演出，山东人比较实诚，我说咱就喝酒比赛吧，他说我这些年来陪过的客人，就没有一个喝明白的，基本都拜倒在我桌前。我说我这些年走到任何地方，还没有能把我喝好的！说完俺俩就喝上了，当时他说送我一台车，而且是新车。

**鲁　豫：** 自行车还是汽车？

**赵本山：** 自行车我就犯不上了。他说你要喝倒了，你在这儿的七场演出就算义演，我说行！他说我倒了，这车送给你，还没办牌子呢！说完开喝，俺俩空腹喝了七瓶，喝完他去医院了，我演出去了，就这么个情况（笑)。

**鲁　豫：** 那车呢？

**赵本山：** 车开走了，真开走了，但演出费我也没要，其实也差不多。

**鲁　豫：** 你们平常管着师傅喝酒吗？

**小沈阳：** 不敢劝，也劝不住啊。

**王小利：** 我师傅平常没有对手的时候不喝那么多，有对手，一般也比不过他，一瓶多搁谁都倒了。

**鲁　豫：** 你们平常敢管他吗？

**王小利：** 不敢管。

**鲁　豫：** 他要一瞪眼你们就害怕吧？

**王小利：** 他不用瞪眼睛我们都害怕。

**鲁　豫：** 你们能够特别敏锐地察觉到他的情绪变化，是吧？他只要一不高兴，你们就特别特别紧张？

**小沈阳：** 嗯。

**鲁　豫：** 他什么样就表示不高兴了？

**小沈阳：** 就脸撸搭着，没有什么表情。

**王小利：** 我们看师傅有时候疲劳了，从眼睛就能看出来，有时候泛红或者特别累，我们都能知道。他高兴的时候喝点酒可乐呵了，跟我们一起玩儿啥的，打乒乓球、篮球，我们基地环境也非常好。

**鲁　豫：** 都说师傅好的，总得有缺点吧？缺点是什么？

**王小利：** 我师傅没有啥缺点（笑）。

**赵本山：** 我是有缺点的，他们不敢说。

**鲁　豫：** 小沈阳说。

**小沈阳：** 师傅吃饭好落饭粒（笑）。

**赵本山：** 我吃一回饭就得换一回衣服，系一个餐布之类的系一系就掉。有时候看场合了，领导级别都很高，刚开始还行，挺稳当的，夹三手过去就忘了，餐巾也掉了，饭粒子也出来了，又回到过去了，装不住了。最多能装一会儿，过一会儿就忘了，还得现形。

**鲁　豫：** 见小沈阳第一面什么印象？

**赵本山：** 他不吱声，天天喀吧喀吧，老那样，不敢说话。

**鲁　豫：** 你是见谁都那样还是因为见师傅特紧张？

**小沈阳：** 见我师傅紧张，不过平常我就这样式儿的（笑）。第一次见我师傅是“本山杯”第一届“二人转”比赛，我在吉林唱的，那时候没敢想能见赵老师一面，结果真见着面了，那都老激动了，不敢说话，瞅一面都偷着瞅的，真事儿（笑）。

**鲁　豫：** 小利，你见师傅第一面激动吗？

**王小利：** 激动，也是在第一届“本山杯”。知道师傅答应收我的时候，我脑瓜皮一酥，眼泪不自觉就下来了，第一个反应是给我妈打个电话，告诉我妈一声。

**鲁　豫：** 你看小利第一眼什么感觉？

**赵本山：** 就是小孩儿，高秀敏和何庆奎跟我说这孩子挺好，当时他也小，我说那就收吧，当时属于他收师傅呢，愣把我给收了。

**鲁　豫：** 什么意思？

**赵本山：** 我想了很长时间，因为当时收学生时挺慎重的。我第一次收学生我媳妇是反对的，听说我收一个“二人转”的学生，回去很长时间跟我过不去。当时那种环境，“二人转”的口碑不是十分好，而且这些民间艺人，其实在整个社会中是最难管的。

**鲁　豫：** 都是那么大的人，需要管什么呢？

**赵本山：** 民间艺人冷不丁到了一个集体，就像一个野牛从上套到拉车的过程。刚开始开会都来不齐，觉得老开啥会呀？也听不进去。上台你要规范他的表演，他时不时就忘了，得一点点儿给他弄。这五六年加起来跟他们打交道的过程我写本书也写成了，真是用尽了所有办法。比如前一段王小宝老是错误不断，嘴说得可好了，就是不那么做。明显看他有致命毛病，让他上台检讨去，他得先把别人错误说出来。我说你先检讨你自己的，别人的问题让他自己说。他永远得先凿巴一顿，把自己先整光芒了，认为别人要不那么地，我可能就不犯这个错误。他老是弄这事。小利他们过去也犯这毛病，让他去检讨，先把别人一堆错误说出来，然后“要不然我不会这样”，永远抓个理儿，凿巴面子。管理艺人，你光用制度去约束是不好使的。都是野马，你上来就给他上套，绳儿会拉断的。我和他们之间，首先是感情化的，就像他们父亲一样，有时候比父亲的责任还大。然后我给他们戏拍，让他们火，他就不敢得瑟了。最后我们把所有规矩形成制度，一条一条写出来，谁犯哪条，罚哪条的钱。钱能治他们，罚款最多的，一下让他掏十万。

**鲁　豫：**小沈阳和小利属于好管的还是不好管的？

**赵本山：**现在还行，最开始不好管。他们现在属于台柱子，但是他俩的变化，尤其是小利，跟过去是天上地下的差别。他曾经走到一段误区，当时团里别的演员火起来了，外出演出机会多，他着急。说到底这就是金钱的诱惑，毛病最大的源头就是利益。我就跟他谈，你不要着急。后来他犯错了，把我气得搁外地都说不明白了。到拍戏的时候，他以为师傅这回肯定把刘能这点儿戏给弄没了，以为我能报复他或是不让他演了。结果后期剧本一出来，我天天跟他沟通，将来你这个人物是里边最火的一个，拍戏过程当中他就有点感动了，觉得没想到师傅还能给我这些戏，等到播完之后他走哪儿都有人围着找签字，就更感谢我了。他现在比较听话了。前一段他说师傅，你看我能不能把钱交回公司点儿？给大家做点福利，我挣得有点儿太多了（笑）。他说我交回十万二十万吧，拿给大伙分吧。我说不用，你有这种心就行了，我收徒弟目的不是想你们给我整点儿啥。我已经五十一岁了，能折腾到哪儿去？在我有能力的时候会把他们都培养起来。他们平时都管我叫老爸，有的只比我小五六岁，也管我叫老爸，把我叫得很温暖。我心里憋屈的时候坐剧场看他们演出，什么愁事儿都没了，我跟他们处得很好。

**鲁　豫：**你这师傅真是操心挺多的？你这样得多累啊？

**赵本山：**我真是挺累，现在老睡不着觉，早上八点能睡着就不错了，真是乱套了。基地那儿屋多，有时候回不去家，我就搁那儿住，一晚上都睡五六个屋了还没睡着呢，最后搁沙发上睡一小会儿，掉地下了，经常这样。今儿早上我起来以后上卫生间，“哗”吐一口血，我就害怕了，这血从哪儿来的？后来发现是睡着了牙把嘴给咬破了，我就说怎么吐血了呢？估计是喝大了，自己做梦还喝还吃呢，结果把嘴给咬了。其实，有时候确实挺累的，但我有痛苦的参照，因为过去我是啥样人我太清楚了，应该满足和庆幸。当然不一定说受过苦最后都得有甜，不可能的，比我还穷的最后他也没这样，人还得知足。

## 哎呀，你小子太有货了

和赵本山相似，“二人转”演员大多有着并不富裕的童年和较为辛酸的跑场生涯，他们很小就出去学戏，经历过人生中最苦的日子。

**小沈阳邻居：**不容易啊，从小跟他妈出去上白活，跟着唱。冻得冷哈哈的，到今儿个不容易呀。

**小沈阳母亲：**要是不认识赵老师的话，我儿子不也是没名吗？

**小沈阳父亲：**大恩不言谢，恩情大了咱就报答不了了，对不对？也就是以实际行动给师傅争光夺翠。

**鲁　豫：**小沈阳，我发现你爸挺能说的。

**小沈阳：**我爸他说不到点儿上，老用词，只上过二年级。

**鲁　豫：**我觉得说得挺好的，你爸也会唱“二人转”吧？

**小沈阳：**会哼哼，但跑调，不过我爸嗓子好。

**鲁　豫：**平常徒弟们上台演“二人转”，你有没有憋不住想冲上台去表演的时候？一般都什么样的时候去演？

**赵本山：**在我们剧场我经常是看着看着就扳不住了，准备一下，要上场。

**小沈阳：**有一回我演出，还给我配了回保安，后来师傅忽然上去了，我也不知道，他蒙个脸，戴个眼镜，但走道儿肚子大呀，有的观众还是能看出来。我跟保安说，你别保护我，保护他吧，结果观众就瞅出来了，他不下去不行了，得炸营了。

**鲁　豫：**是不是"二人转"演员出身都比较艰苦？

**赵本山：**他们能比我强点儿。

**鲁　豫：**你上学上几年？

**小沈阳：**我上了五年半，六年级下半年还没念着（笑）。

**鲁　豫：**小利呢？

**王小利：**我念十年。

**鲁　豫：**那你就是高中？

**王小利：**没有，蹲级了，小学刚毕业（笑）。

"二人转"是一门艺术，也是一种生活方式，大碴子味的草根文艺"转"出过不少好姻缘，这个只属于两个人的舞台把很多"二人转"搭档都变成了现实生活中的夫妻。

**鲁　豫：**"二人转"演员台上是搭档，生活中是夫妻的比例多不多？

**赵本山：**我们团基本上都是一家一家的。

**鲁　豫：**因为搭档所以产生爱情，还是因为有了爱情所以搭档？怎么个顺序？

**赵本山：**可能都是先唱戏，后爱情。小沈阳和小利都是这样的。

**小沈阳：**我俩刚开始唱戏的时候就挺合牙的，她就相中我，我也相中她了。

**沈春阳：**那会儿有挺多演员告诉我，你可别跟他处对象呵。那阵儿就不知道怎么的，处对象以后，我对他的好感就越来越深，就越来越喜欢他。我爸妈不同意，我们俩都想私奔了，跑了得了（笑）。

小沈阳和沈春阳从开始搭档至今六年有余，既是生活中的伴侣又是舞台上的搭档。夫妇俩总是形影不离，白天上网、练歌、搜集笑料故事，晚上一起去刘老根大舞台演出，回到家，俩人会趁着兴头喝点酒，交流一下演出感受。

**鲁　豫：**小沈阳跟太太什么时候认识的？

**小沈阳：**我跟我媳妇是1999年认识的。

**鲁　豫：**你那时候才多大呀？

**小沈阳：**我都十好几了（笑）。

**鲁　豫：**那会儿成人没？

**小沈阳：**咋没成呢，我都二十了，不，十九。那时候我唱戏，她也唱戏，她唱得可好了。

**鲁　豫：**是一见钟情吗？

**小沈阳：**反正我是，我那阵儿就是奔她，奔处对象去的。

**鲁　豫：**小沈阳以前叫沈鹤？

**小沈阳：**仙鹤的鹤，我属鸡的嘛，鹤立鸡群（笑）！俺俩都姓沈，关键姓沈的不好碰，我一看她叫沈春阳，那我就叫沈阳吧，这样俩人不是显得齐刷嘛。到哪儿一报名，挺齐的，就这么起的（笑）。

**鲁　豫：**改名的时候俩人已经好了吗？

**小沈阳：**没有呢，那阵才刚认识，她估计还不怎么认识我呢。

**鲁　豫：**那你就改了？

**小沈阳：**有心计嘛（笑）。

**鲁　豫：**沈春阳，你对他是一见钟情吗？

**沈春阳：**不是（笑），我那阵有搭档，俺俩唱一年多才……

**小沈阳：**哪是一年？三四年呢，都唱了三年才处的对象。

**鲁　豫：**这之间你就一直追她？

**小沈阳：**嗯，追好几段呢。追了，她不搭理，我放弃了，完了又追。

**王小利：**为什么呢？

**沈春阳：**他那阵放弃以后就转移了，就不追我，改追别人了（笑）。

**小沈阳：**我那是气她，说心里话真是气她。

**鲁　豫：**有可能。

**沈春阳：**但我不知道啊，我一瞅，这人还挺花花的，我说俺俩就这么先唱着吧。后来俺俩在四平唱戏，我说咱俩分开吧，别在一起唱了。你也有搭档了，我也找一个搭档，咱俩分开吧。那一场唱的是《楼台会》，最后一场戏嘛，俺俩不知道怎么回事从头哭到尾。就感觉是发自内心地唱，互相怎么就有感情了呢？一想到要分开了，眼泪刷刷往下流，都不知道唱的是啥了，反正就一个劲儿刷刷地哭，唱完以后他就说哎呀，咱俩感情挺深的，别分开了，咱俩处对象吧？我说那就处吧，试试吧，行就行，不行就拉倒呗。反正就是抱着试试看的态度，俺俩就开始处对象了（笑）。

**小沈阳：**我记得那天晚上正好是上别的地方演出，在车上，我吐口了，她答应了，我立马就把钱包拿出来了，拍在她手里，我说钱搁你那儿（笑）！

**鲁　豫：** 钱包里有很多钱吗？

**沈春阳：** 没有，一百多块钱吧（笑）。

**赵本山：** 哎呀，你小子太有货了！

**鲁　豫：** 那是你全部财产？

**小沈阳：** 嗯，那阵也不知道攒钱，挣得本来也少，一天才一百来块钱，少的时候四五十块钱。当时我为了让她信任我，就把钱包给她了，也是计策（笑）。

**鲁　豫：** 这之后钱就一直都是她管吗？

**沈春阳：** 对，这底儿打得比较好（笑）。

## 我这心老难受，都哭了，走的时候树叶都掉了！

**鲁　豫：** 小利的太太也很漂亮，你们俩也是先唱戏再谈恋爱的吗？

**王小利：** 对，也是我追的，我是还没见着她就有情了（笑）！当初我看了一盘她录的碟，是“二人转”的传统剧目《六月雪》。我一眼就相中了，我说这个女孩儿唱得好，长得也好，我就选定她了！那就追吧，我就从黑龙江追到了辽宁。

**鲁　豫：** 你那会儿喜欢他吗？第一面什么印象？

**李　琳（王小利妻子）：** 第一眼不烦。那时候他形象特别憨厚，白胖儿，一个小虎牙，挺阳光的一个男人，一看就知道挺善良的。当时我俩在营口唱了一场戏，然后唱完，他就直接跟我说了，我说不行，唱戏可以，要是处对象的话，有点儿早，我自己干几年再说。他就挺伤心地走了，一晃就是八个月。

**王小利：** 一年就没见面。

**鲁　豫：** 那你太不执着了。

**李　琳：** 没，执着。他过后跟我说，我从黑龙江去找你，你给我拒绝了，我这心老难受，都哭了，走的时候正是秋天呐，树叶都掉了。后来他就到辽源唱戏去了，我还是在辽宁唱，他有心眼儿啊，跟老板娘说，你把她给我找来，我俩唱得合拍，结果那个老板就把我找去了。时间长了，越唱越合，就像师傅说的，我们都是先搭档，合了之后才处出感情的。

**王小利：** 这中间还有个小插曲，见一面之后我就走了，但没死心，我又到辽阳演出去了，她家在辽阳农村，然后我就打车到她家去了。她没在家，我给她妈买了点儿水果，给她爸再扔点儿钱，反正就讨好人家呗，我有啥想法也直说了。后来她妈给她打电话，说有个黑龙江唱戏的上咱家来了，对咱们挺好的，我们对他印象也不错，还给咱家买东西啥的，想要跟你唱一副架，心挺诚的。这也是我使了一个计策哈（笑）。

**赵本山：** 小子，玩路子（笑）。

**鲁　豫：** 你如果觉得哪两个人比较合适，你给他们说媒吗？

**赵本山：** 现在有一对儿新的小孩儿，一个叫燕飞，一个是学杂技后改“二人转”的，俩人挺好的，我说你们俩唱吧，现在已经处上对象了。

**鲁　豫：** 问题是如果你给他们介绍他们觉得不合适但又不敢说怎么办？毕竟是师傅给介绍的。

**赵本山：** 那不能啊，就算刚开始觉得不合适，时间长就合适了（笑）。

**我就怕专业演员，一专业就完了！你也不是专业主持人吧？**

大　拿：茶叶呢？

刘大脑袋：没沏。

大　拿：你怎么老忘呢，肯定厕所没水——不冲粪呗！

王木生：老也不冲，老也不冲。

大　拿：没说他不冲，我说准备的不充分。

王木生：上厕所也不冲，他真不冲。

谢大脚（对王云）：你跟刘大脑袋体形上还真般配，一对肉丸子。

刘大脑袋：我这大脑袋都得记呢，你咋的，你脑袋内存比我大呀！

刘大脑袋：董事长我有个事儿。

大　拿：说吧啥事儿。你（木生）回避一下，刘助理有事儿！

王木生：我为啥要回避，我是王总，我还有事要说呢！让他回避！

大　拿：好，刘助理你回避。

刘大脑袋：哦，董事长，王总，你们聊，我回避了。

大　拿：说吧啥事？

王木生（对大拿）：我想说的就是让他回避这事。

——《乡村爱情2》

**鲁　豫：**演员刘流，传说中的“刘大脑袋”，我发现你也跟片中形象差别很大，你平常头发不那样啊？

**刘　流：**平时那样不成神经病了嘛（笑）？

**鲁　豫：**其实那样立起来也挺好看的。

**刘　流：**这头发是个巧合，那天我们制片主任给我打电话，说赵老师找你，我当时正睡觉呢，就赶紧起来洗脸。我这人头发短，习惯每天早上洗脸时顺道洗头，当时他已经到楼下了，我洗完头也没干就那么支楞着就下去了，他一看到我就说，哎呀，行了！刘大脑袋的头型就它了。后来有一次晚上我们聊天，他说你这头发形象有了，踮脚的问题可以给你鞋里装块铁，但你这眼皮能不能耷拉下来呀？说实话，这对我是个考验，因为我是说相声出身，没有他们“二人转”演员那种超群技艺，能自己控制，所以只好回去对镜子慢慢练，一点点来，现在我可以保持眼皮耷拉的状态跟你聊一个小时没问题。

**鲁　豫：**我以为是拿东西粘的呢？

**刘　流：**不是粘的，很多人问是不是粘的，其实就是控制，得多高明的化妆师才能粘成那样啊。

**鲁　豫：**说起来这个戏里面男演员的样子多多少少都有点怪，但女演员都很漂亮，我觉得变化最大的是“谢大脚”于月仙。

长　贵：女人对自己下手要狠一点！

谢大脚：说啥呢？说点温柔的！

长　贵：算你狠！

王木生：婶，王小蒙还好吗，替我问个好。

谢大脚：你还和你爸一样。

王木生：我怎么和我爸一样，我是暗恋，他是明整，两个境界。

谢大脚：走啥呀？

刘　能：家里门没关，回家关门。

谢大脚：我自行车啥时候赔我呀？

刘　能：你这不是有新的了吗？

谢大脚：这和你没关系，这是我姑爷给我买的。

刘　能：咋和我没关系啊，要不是我给你把那个旧的压坏，你姑爷能给你买个新的！

——《乡村爱情2》

**鲁　豫：**据说你专门为这部戏增了好多斤？

**于月仙：**增了有20斤肉。我不是“二人转”演员，为了跟他们更加靠拢，就把自己晒黑。我每天在村头晒，晒得胳膊当时都起了一层壳儿，上面全是水泡，一碰就流水，晒成皮炎了。

**鲁　豫：**你怎么想到让她演的呢？她太漂亮太洋气了，跟那角色差得也太远了。

**赵本山：**一是有亲属关系，她是我媳妇的妹妹，我的小姨子呵。再一个她本身条件也很好，在这个戏之前《马大帅》里的小哑巴是她演的，我一看还挺好，不管怎么样。她是中戏毕业的，在我们这个队伍里是唯一一个专业学过的。我跟她说你要把那些专业的东西破坏掉，学的东西都别往这儿拿，回到生活中来，重新开始。

**鲁　豫：**先夸人家专业，然后说你都给忘掉（笑）？

**赵本山：**对呀，我就怕专业演员，一专业就完了！你也不是专业主持人吧（笑）？

**鲁　豫：**不是（笑）。小蒙的扮演者王亚彬戏外变化不是很大，屏幕下大家都能够认出来，是这里面唯一不是东北人的吧？

**王亚彬：**我是天津人，但九岁就到北京舞蹈学院来上学了，当时读的是附中，在北京待了十年，2003年毕业以后就留校工作一直到现在。

**鲁　豫：**仔细回想一下你在戏里面说的话东北味儿不是特浓，当时要求你学点东北话吗？

**王亚彬：**开始拍《乡村爱情1》的时候，我认为自己最大的问题就是台词。我不是东北人，但起码听上去要跟大家差不多，否则会跳戏。我私下就向仙仙姐姐或是刘英请教，这样一句一句磕出来的。

**赵本山：**亚彬是个非常优秀的小女孩儿，写东西也写得很好。在拍戏的过程当中很用功，让我印象很深，一没事儿了就"刷"一下把腿搭到二楼阳台上开始压腿了。

**鲁　豫：**她人站哪儿？你的形容好像她人在一楼，把腿搭到二楼阳台了（笑）？

**赵本山：**对呀，她每次一举就把脚举过头了。我就发觉她拍戏也不闲着，一直在练功，即便到农村老乡家，没她戏，她还是在那儿压腿。

**鲁　豫：**戏里几个女演员好像都是专业的？于月仙是中戏毕业的，王亚彬现在在北京电影学院读研究生，蒋依杉也是北京电影学院的？

**赵本山：**她是我们团的，当时她爸送到我们团来考的。

**鲁　豫：**拍戏的时候你怎么想到让她演刘英的？

**赵本山：**她平时说话就那个节奏，眼睛直直的，是那种心里非常有数，什么事儿都装傻充楞的。"哎呀？""真的呀？""是嘛？"好像永远很吃惊，老有新发现那种。这种状态特别好，刘英跟玉田这两个人物之间，同情她、喜欢她的多。

**鲁　豫：**我最烦赵玉田那个角色了，真是太讨厌了。

**赵本山：**都烦他呀！现在他自己都烦自己（笑）！但是塑造这么一个角色，能衬托出很多可爱的人物。因为生活当中的确有这种人，演赵玉田那小孩儿本身不这样的。

**鲁　豫：**于月仙呢？见你姐夫第一面是什么印象？

**于月仙：**第一次见到我姐夫的时候是他跟我姐两人同台演出。

**鲁　豫：**那会儿两人已经谈恋爱了吗？

**赵本山：**偷偷的（笑）。

**于月仙：**我是他们两个的爱情见证者，也是灯泡。我姐姐把我带到剧场让我看他们俩同台演出，当时觉得很惊讶，我从来没有看过那样的演出，观众的掌声，还有呐喊声，两个多小时就没停过。我在那儿看着，嘴巴张得很大，惊呆了。等到我姐夫从台上下来以后，生活中的他又把我惊呆了，他烫得满头小卷卷儿（笑）。

**赵本山：**那时候二十六七岁嘛（笑）。

**于月仙：**那时候很流行香港传过来的那种爆炸式，他烫了个爆炸头，穿了件花衬衫。

**赵本山：**给机器崩的（笑）。

**于月仙：**我一见，这是香港演员还是东北演员？后来我姐就给我正式介绍，说他们两个交往，姐夫给我的第一印象很深。

**鲁　豫：**他谈恋爱的时候什么样子？我的意思是浪漫吗？

**于月仙：**我觉得他实在，很实在，人特别好，热心肠，但我很怕他，从来不跟他开玩笑。

**鲁　豫；**真的？你在家那么严肃啊？

**赵本山：**在家我能排第四五把手吧，俩孩子得欺负我，媳妇儿也得欺负我，我在家里施展不开呐（笑）。

**鲁　豫：**那小姨子怎么会怕你呢？

**赵本山：**她家人基本都怕我。

**于月仙：**他也不说我们，也不瞪眼睛，可能还是敬重的东西更多一些。

## 有时候想，我这要啥都不是，坐大街上，整点儿啤酒，弄俩大鸭头吃，那得多幸福啊！

崔永元：刚来这个演播室啊，都会有一点紧张。你看有这多摄像机，这么多观众，一会儿咱们谈着谈着就能放松。咱们先来个自我介绍。

赵本山：咋介绍？

崔永元：按您家里的习惯。

宋丹丹：那我先说呗。

崔永元：好。

宋丹丹：我叫白云。

赵本山：我叫黑土。

宋丹丹：我七十一。

赵本山：我七十五。

宋丹丹：我属鸡。

赵本山：我属虎。

宋丹丹：这是我老公。

赵本山：这是我老母——我老伴儿。

宋丹丹：差辈儿了。

崔永元：请坐请坐。大叔大妈呀，太紧张了，别紧张。我跟您说这个谈话节目吧，它有话题，咱一谈话题就不紧张了。今天的话题是“昨天·今天·明天”。我看咱改改规矩，这回大叔您先说。

赵本山：昨天，在家准备一宿；今天，上这儿来了；明天，回去，谢谢！

……

崔永元：大叔，您说，您现在最想干的是什么？

赵本山：我觉得我们俩现在，生活好了，越来越老了，余下的时间也越来越少了，过去论天儿过，现在就应该论秒了，下一步我准备领她出去旅旅游，走一走比较大的城市！

崔永元：好想法！

赵本山：去趟铁岭！度度蜜月！

——小品《昨天·今天·明天》

在表演作品中，赵本山总是有意识地提及家乡铁岭，他就像是东北的代言人，一直在用自己的知名度提升东北的人气。而在东北，似乎跟赵本山沾了边儿的东西都会红火。《乡村爱情》的拍摄地，就从一个普通的村庄变成了旅游胜地。

编　导：这村进来的时候要收费吗？

小沈阳：那不要钱咋的（笑）？

编　导：以前不要钱吧？

小沈阳：对，现在收费了，20吧，这村儿里的小饭店一到节假日挺挣钱的，要五一啥的人就更多了。景还是这些景，只是换了主人。因为每天要接待大量的游客，所以这个小村庄每天都像过年一样热闹。

**鲁　豫：**你在东北街上走路应该很不方便吧？拍《刘老根》《马大帅》，包括《乡村爱情》，你有很多街上的戏，那是怎么拍的？

**赵本山：**拍那几场的时候天天都有人控制现场，在街上其实很难拍，剧组去了人就满，当时公安局的人帮我们维持。到家乡了就不太一样，比方说我回到开原去拍戏，老百姓都非常自觉，没有一个捣乱的，都觉得在咱这儿拍戏了，不让吱声就不吱声，让上哪儿站就上哪儿站着去，非常听话。

**鲁　豫：**你现在要上街是个什么情况？

**赵本山：**不能走，走了就堵那儿了。

**鲁　豫：**你试过吗？

**赵本山：**我不敢试啊。我刚出名那阵，不是试，就是去剧场，结果被堵到那儿了，一堵可能整趟街都能堵上。现在可能是降点儿温了，但也差不多，估计要到了商场里头，可能这一天就出不来了，我这都多少年没上商场去过了。

**刘　流：**赵老师都不知道超市啥样儿。

**赵本山：**我就觉得超市里买回来的东西好像可便宜了。

**鲁　豫：**你没去过超市啊？

**赵本山：**没有，我只去过住宅公寓里的那种超市，拿个推车挑东西，没去过那种大超市，有一回拍戏还算去了一下。

**鲁　豫：**买貂皮那场戏吧？

**刘　流：**你看得非常细。那天商场里警力得有200多人，结果都不行。

**鲁　豫：**别人看到“刘大脑袋”都是什么反应？

**赵本山：**反正没有一个人要打他的，没有（笑）。

**刘　流：**那天的营业额突然降低了。

**鲁　豫：**没人买东西了。但连超市都没去过，你这样太可怜了。

**赵本山：**这些年反正已经习惯了，有时候回去媳妇说，你陪我遛达遛达，走一会儿，散散步。那也就是房前房后，绕那么一圈儿。

**于月仙：**我记得很早的时候，有一次吃完饭跟我姐姐、姐夫去遛弯。那是冬天的晚上，我和我姐就在路灯这边走，我姐夫就在路灯那边的暗处，戴了个帽子，戴了个围巾，只露了两个眼睛，贴着墙根儿慢慢地往前走。我姐忽然大声喊："赵本山"！姐夫吓得立马猫起来，用手遮住头，小声说"别说话，别说话……"

**赵本山：**哈，她老突然就喊那么一句。

**鲁　豫：**那你平常岂不是没什么生活了？

**赵本山：**平时我真是没有地方去，有时候就去剧场，我自己有保安给我接进去，有时候散场，观众知道我去了，不走，在那儿等，照照相。剩下的时间就待在公司里头，待在我喜欢的房间里，晚上没事儿睡不着觉了我就在院里走几圈。我有时候想，我这要啥都不是，坐大街上，在那儿整点儿啤酒，弄俩大鸭头吃，那得多幸福啊！我就羡慕那种生活！可羡慕了！没事儿我开车，偷着看扭大秧歌的，因为我是爱动的人，静不下来，我自己这些年待得心里头有点儿变化，有时候就像抑郁了似的。

**鲁　豫：**可能太脱离生活了？

**赵本山：**我也不想脱离。太宫廷式、太豪华的那种生活对人绝对是不好的，我经常回农村去倒还好点儿。我一回家乡去，就跟他们在一起聊，一个桌上，用大碗喝酒，非常舒服，我不适合过富人生活。

**鲁　豫：**但你现在就是个富人啊。

**赵本山：**我是个穷富人，不算啥富人，但要跟一般的生活比指定是好。

**鲁　豫：**他们说你在东北吃饭从来不用自己付钱，总会有人帮你买单？

**赵本山：**也不能总是，反正是你要不想买，指定有人买（笑）。

**鲁　豫：**我听说的是只要碰到你就会有人帮你买单，而且是默默的，买完单就走人。

**赵本山：**倒真是经常洗澡、吃饭的时候，不知道谁就把单给买了，人家也不留名，我能知道大概是谁，之前肯定打过招呼了，但最后结账的时候才发现单让人买了，这种事儿经常有。

**鲁　豫：**他在东北人缘特好是吗?

**刘　流：**这几年省老单了（笑）。人缘好，都说“一过山海关，就找赵本山。跟着本山哥，有房又有车”。

**鲁　豫：**你还管买房买车呢?

**刘　流：**他的徒弟、学生基本现在都有了。

**赵本山：**他们命运的改变说实话比我还快，我是一步一步出来的。1982年之前我就是个“民间”，那苦受多了；有点名儿之后，我的生活还没得到什么改变，那阵儿还当过一段剧团的团长。我挣到一万块钱的时候已经是1986年了，那时才奔万元户去的。

如今赵本山的大部分时间都在沈阳苏家屯的本山基地中度过，虽然每天都有很多人围绕在他的周围，可是很难有人看到他夜深人静后的孤单。

**燕飞（赵本山徒弟）：**他心情最近也不是那么太好，我就常陪他在基地转一转，完了跟他喝点酒。但他有时候一个人坐在他的总统套房里，就那么坐着，自个儿喝酒。当时给我的感觉……心里瞅着特别不得劲，看见一个白发苍苍的老人家，特别孤单，我就寻思陪陪他。

**鲁　豫：**我听说你经常会回老家小莲花。

**赵本山：**我一年回去四五次，有时候去上坟，有时候专门回去，有时候时不时地开车就回去了。回到农村看一看，心里会平静很多，因为对于我来说这是一种感情上的沟通，也能够让自己冷静一些。

## 中国这块儿文化市场的未来，在我心里有一杆儿秤

2008年，赵本山的企业被文化部授予中国文化经济实体三十强，构建起了一个横跨演出、电视剧、教育、旅游的联体产业。舞台之下的赵本山管理企业也有自己非常独到的方法。

**马南（赵本山专职摄像师）：** 每个月大概有两三次吧，每逢有人过生日了，赵老师只要在家，就参加他们的生日会。基地有重大的事情，全都通报给基地所有的员工，无论好事坏事全往公告板上贴。

**鲁　豫：** 你们企业现在很大呀？一共有多少员工？

**赵本山：** 要算大学的话，员工得有一千来人。

**鲁　豫：** 他们都叫你什么？老板？

**赵本山：** 董事长。

**鲁　豫：** 当董事长感觉好吗？

**赵本山：** 当多少年了(笑）。1993年就成立公司了，那阵做煤炭什么的，后期不干那活儿了，完全是文化产业了。

**刘　流：** 本山哥给我留下最深的印象就是他小事儿抓得非常非常细，我觉得这是他最成功的一面。

**鲁　豫：** 就是操心？

**刘　流：** 作为一个企业家，不操心是肯定不行的。就跟我戏里说的“必须的”，就得这么做。本山哥很多事情都亲力亲为，而且能说到

点子上，像这给我留下非常深刻的印象，这也是我到这个团队后真正受益的地方。

**赵本山：**经营一个企业不是一般的事儿，很多不应该我操的心我都操了，像每天迎来送往，研究公司来年拍什么戏、剧场的整体改造等。按说演员的事我最懂，他们在剧场表演我经常看，看完觉得不对我就跟演员聊，你应该怎么怎么演，这点上可能我看得是最准的，所以这些心肯定是我必须操的。我没有什么更多的办法，比如像人家大企业家那样用什么国际的模式去管理，我没有，我完完全全是按照自己对公司的理解来管理。中国这块儿文化市场的未来，我心里有一杆儿秤。我为什么要整“二人转”？这个项目是我公司选的最准确、也是我人生路最准的一步，我没想到它一年能给我创这么多利润，对公司来说，它始终占主体位置。

**鲁　豫：**据说你还有个特别神的能力，一打钱，一摸就知道有多少张？

**刘　流：**神啊，他这个太神了！就跟过去在银行干过似的（笑）。

**赵本山：**有时候也不准（笑）。

**刘　流：**有一回我俩打赌，他助理拿了一打钱放在那儿，我一捏，我说这最低一万块钱，或者九千九。他神到什么程度？说一万零一百！我觉得正常应该是一万块钱，因为它没有打捆，结果他助理开始点，点完说一万！刘流对了！他又上去掐一下，说一万零一，你再查！结果又查了两遍，真是一万零一百，太神了！

**赵本山：**我可是从零钱一毛一毛攒起来的。

**于月仙：**还有拍《乡村爱情2》的时候，大家都觉得在我们关机之前可能不会下雪了，但我姐夫一直坚持说我们肯定会有一场雪，所有的人都说不可能，但最后一天拍摄的时候，突然之间天降大雪，我们全都跑出去拍照。

**刘　流：**农民有求雨的，本山哥求雪特别厉害！我虽然没在现场拍，但我知道《刘老根》第二部最后那场大雪，还有《马大帅》第三部，马大帅最落魄的时候，那几场戏都是他求来的大雪。

**鲁　豫：**为什么每一部你都是以大雪作为结尾？

**赵本山：**大雪能给人带来那种寒酸的感觉，而且雪景是最能代表东北的。《刘老根》那会儿就是一直没有下雪，我自己也老烧香，我说明天要下啊，正好跟丁香结婚那场戏，早上一起来地上雪老厚了，我们车都走不了，我说这太好了。最后那场戏拍得特别漂亮，而且边拍边下，一直没停，把我们车都误了。我拍戏几乎都在老家拍，在那儿我心里特别稳当，特别放心，回到那儿就意味着什么都会好了。家里老乡也支持，当地政府也支持，天也支持，说下雪就下雪，说下雨就下雨。

**鲁　豫：**看过《刘老根》之后，我发现有很多食品品牌叫刘老根，那也是你们做的吗？

**赵本山：**那是别人做的，"刘老根"当时让别人给抢注了，就剩不下几样了，我就把"刘老根大舞台"、"刘老根饭店"注册了。我们将来把这个大舞台重新改造一下，让中心店成为一个品牌店，可能你以后再去的时候从内到外整个儿都变成吃喝一条龙了，最后看戏，非常好，可能的话欢迎大家去沈阳看看。

**鲁　豫：**据说你们那儿有规矩，不管谁去都得自己掏钱买票，你绝不送票？

**赵本山：**我这个底儿打得好。说实话，刚开始建团的时候，省领导和市领导特别支持，我说我建一个团，这个团归省文化厅管，但是你们用不着拿钱，也别拨款，给我派来一个书记就行，要一个党的领导给我们把握方向，别干歪了（笑）。建起来之后，既然是我个人投资的，你们就把以前那些不花钱看戏的毛病改了。你们告诉底下的部门，要来客人了，掏钱买票就行了，就是演员的亲属来了也都自己买票，谁请客谁买票。

**鲁　豫：**你请的人也买票？

**赵本山：**对啊，我买票都是假象，买不买，那也都是我的（笑）。我家里有客人了，我就告诉我媳妇，你要买票，别老是一打电话，给你留个包房，那样不好算。买了也是咱们的嘛，咱买咱自己票还不行吗（笑）？现在头一天不买就买不着票了。

**鲁　豫：**你现在完全是个大企业家了，你的家业很大吧？

**赵本山：**家业确实挺大，“大”字就那么写，写多大我不太知道，但我敢说要是在咱们国家文化产业里，我是最大的。

**鲁　豫：**现在比较成功的人一般都像你这种打扮哈，比较低调？

**赵本山：**没有，这不是定做的（笑）。

**鲁　豫：**但是比较低调嘛。

**赵本山：**这也不低调啊（笑），我就喜欢穿这个，素气点儿的。过去我这头发全白，脸上褶子一多，一看不行，赶紧染染吧，又染回来了，一洗黑，一洗就好（笑）。

**鲁　豫：**我现在特别想知道《乡村爱情3》啥时候能看见，还是原班人马吧？我觉得在《乡村爱情3》里面刘英就该有孩子了，第二部结尾的时候她不是怀孕了么？小蒙也该跟那谁结婚了？

**赵本山：**你想这事儿想得挺全呐（笑）。

**鲁　豫：**对呀。我跟你说我对这戏特熟嘛，小蒙该跟长贵结婚了，你该找另外一个女朋友了。

**赵本山：**就我们爷俩了，没地方找，上那山沟里找啥。

**鲁　豫：**那你再安排一个角色嘛！

**赵本山：**看情况吧，可以考虑安排一个主持人啥的（笑）！

昔日的孤儿赵本山如今在中国成了一种“现象”。文化学者余秋雨说，赵本山为什么会受到这么多人的欢迎，这是一个远远超出许多理论家思考的问题。过去的文艺理论没有哪一章哪一节能解释得了赵本山现象，这个艺术现象将留给以后的理论工作者去研究和总结。

**图书在版编目（CIP）数据**

鲁豫有约·开心果／凤凰卫视出版中心编．－南京：江苏文艺出版社，2010.3

（凤凰丛书）

ISBN 978-7-5399-3631-4

Ⅰ.①鲁… Ⅱ. ①凤… Ⅲ.①艺术家－访问记－中国－现代 Ⅳ.①K825.7

中国版本图书馆CIP数据核字（2010）第033192号

**上架建议：大众文化·畅销书**

**鲁豫有约·开心果**

著　　者：凤凰卫视出版中心
责任编辑：黄孝阳
特约编辑：一　晨
装帧设计：利　锐
出版发行：凤凰出版传媒集团
　　　　　江苏文艺出版社　http://www.jswenyi.com
集团网址：凤凰出版传媒网　http://www.ppm.cn
印　　刷：北京京都六环印刷厂
经　　销：新华书店
开　　本：880×1230　1/32
字　　数：150千字
印　　张：8.5
版　　次：2010年5月第1版
印　　次：2010年5月第1次印刷
书　　号：ISBN 978-7-5399-3631-4
定　　价：29.00元